大魚讀品
BIG FISH BOOKS

让日常阅读成为砍向我们内心冰封大海的斧头。

这也会过去

［西班牙］米莲娜·布斯克茨
—— 著

罗秀
—— 译

TAMBIÉN
ESTO PASARÁ

by
MILENA
BUSQUETS

北京联合出版公司
Beijing United Publishing Co.,Ltd.

1

由于某种奇怪的原因，我从未想过自己会经历四十岁。二十岁的时候，我想象过三十岁，跟生命中的真爱生活在一起，还有几个孩子。也想象过六十岁的我给孙子们做苹果派，虽然现在连炒鸡蛋都不会，但我会学。还想象过八十岁时，一个风烛残年的老妪，跟老姐妹们喝着威士忌。但我从未曾想象过自己四十岁或者五十岁的样子。可如今我却站在这里。在母亲的葬礼上，四十岁的我不太清楚自己是怎么来到这里的，甚至不知道是如何到达这个小镇的。这个镇子突然让我产生了强烈的呕吐欲望，而且我觉得自己这辈子从没有打扮得这么糟糕过。等回到家，我要烧掉今天穿的所有衣服，因为它们浸透了疲惫与悲伤，而且无可挽救。几乎我所有的朋友都来了，有一些她的朋友，还有一些从来就不是我们俩任何人的朋友。人很多，但还有缺席者。疾病野蛮地将她推下宝座，无情地摧毁了她的王国，最后又使她令所有人都不胜其烦。当然，在葬礼上，这些都一笔勾销了。一方面，你，逝者，使他们避之不及，而另一方面，我，你的女儿，也没有给他们留下什么好印象。这是你的错，妈妈，毫无疑问。因为幸福日渐消弭，你总是在不经意间把全部幸福的责任都一点一点寄托到我的肩头。而这让我感到沉重，即便是远离你，即便我开始理解并接受正在发生的事情，即便我将自己从你那里分离出来一点点——因为我发现如果不这么做，死在废墟中的将不只你自己。但我认为你是爱我的，不多，也不少，你只是爱我，句号。

我一直觉得，那些说“我很爱你”的人，事实上并不够爱你，或者说，也许加上这个“很”字，在这句话里就意味着“不多”，出于羞涩，或出于害怕“我爱你”的突兀，虽然事实上这个突兀的句子是表达“我爱你”的唯一真正方式。“很”字使“我爱你”转变成某种适用于所有大众的东西，虽然事实上，它几乎从来都不是。我爱你，这几个字有种魔力，可以把你变成一条狗，变成上帝，变成疯子，或变成一个影子。此外，你的朋友中有很多都是“激进派”，我想现在已经不那么叫了，或者作为一个群体已经不复存在了。他们不相信上帝，也不相信死后有来生。我还记得流行不信仰上帝的年代。现在，如果你说不相信上帝，不相信毗湿奴，不相信土地神明，不相信转世投胎，也不相信其他什么神灵，不相信任何东西，人们会带着痛心的神情看着你说：“你这个人一看就知道毫无灵性！”所以他们肯定想：

“我最好还是待在家里，坐在沙发上，拿着酒瓶，以我特殊的方式向她致意，这比在山上跟她那些无耻的子女一起悼念有意义得多。不管怎么说，葬礼不过是又一项社会习俗。”或诸如此类的想法。因为我猜想他们已经原谅你了——如果曾有什么需要原谅的话，而且他们爱过你。我从小就看着你们一起欢笑，一起通宵打牌，看你们一起旅行，一起在海中裸泳，一起出去吃晚餐，而且我认为你们过得很好，你们曾是幸福的。选择一个人成为你的家人，其问题在于他们比血亲更容易消失。陪伴我成长的大人们，有的死了，有的不知所终。他们当然不会出现在这里，在这足以熔化皮肤、烤裂土地的无情烈日下。

来到这里的两小时车程像是一口苦酒，一场葬礼，一种沉痛。对这条蜿蜒在橄榄树间的小径，我了如指掌。虽然每年待在这个小镇的时间不超过两个月，但，它是，或者曾经是回家的路，通往所有我们喜欢的事物。但现在，我不知道它是什么了。我应该戴一顶遮阳帽，虽然之后还是得扔进垃圾桶。我感到眩晕。我想我要坐到那个翅膀像剑一样咄咄逼人的天使旁边去，再也不站起来。卡罗琳娜向我走来，她总能体察一切。她搀着我的胳膊，把我带到那堵墙边，从这里可以看到海，近在咫尺，就在那块长满了无精打采的橄榄树的坡地尽头，背对着全世界。妈妈，你向我保证过，如果有一天你死了，我的生活将不会偏离轨道，会继续井然有序，而且痛苦是可堪忍受的，你没有告诉我，我会恨不得挖出自己的内脏并把它们吃掉。而且你是在开始说谎前告诉我这些的。有一个时期，不知道为什么，从来不说谎的你开始编造谎言。那些在最后时期很少跟你联系的朋友，他们来了，因为想起十年或是一万年前，你曾是那样光芒四射的人。我的朋友们都来了，卡罗琳娜、梅尔塞、艾丽萨和索菲亚。妈妈，最后我们决定不把巴顿跟你安葬在一起。这里不是法老时期的埃及。我知道，你说过没有了你，它的生活也失去了意义。但是，一方面，它是一只体型巨大的母狗，你的墓穴里容不下它——我想象着，那两个安葬工人推着它的屁股把它塞进去，就好像我们曾许多次在远海上做过的一样，在游完泳以后，帮它从梯子爬上小艇——另一方面，用一只狗来陪葬毫无疑问是违法的——即使它也像你一样死了。你已经死了，妈妈。两天来我一直不停地重复这句话，不停地对自己重复，不停地对朋友们重复、发问，期待着万一这一切都是场误会或者是我理解错了。但每一次，她们都确认说，这件难以想象的事情真的发生了。

除了孩子们的父亲们，只有一个男人令我感兴趣，还是个陌生男人。由于恐惧和高温，我几乎要晕倒，但尽管如此，我还是能立刻发现一个有魅力的男人。这应该属于求生本能。我问自己，在墓地上跟男人搭讪有哪些招数，并暗想他是否会上前来向我吊唁。我想不会。懦夫。英俊的懦夫。一个懦夫在我母亲的葬礼上干什么？她是我一生中认识的最不懦弱的人。或者，也许你旁边那个牵着你的手、好奇而执着地盯着我看的女孩是你的女朋友。对你来说，她是不是矮了点儿？好吧，神秘懦夫的侏儒女朋友。今天是我母亲的葬礼，我有权做任何想做的事，说任何想说的话，不是吗？就像我的生日一样。请不要对我的所作所为如此大惊小怪。葬礼结束了。整个过程只有二十分钟，在一片几乎绝对的寂静中，没有发言，没有诵诗——你发过誓，如果我们让你的某个诗人朋友朗诵什么，你会从坟墓里爬出来，阴魂不散地永世纠缠我们——没有祷告，没有鲜花，没有音乐。如果那些年迈的工人在将棺木放入墓穴时没那么笨手笨脚，也许还会更快。我知道那个魅力四射的男人不会上前来改变我的人生了，虽然，事实上我想不出有更适合或更必要的时刻来这样做，但至少他能在那些老工人差点把棺材掉到地上的时候帮他们一把。其中一个工人大喊：“真他妈的！”这是在你的葬礼上人们说过的唯一一句话。我觉得很贴切、很准确。从现在开始，我想我以后参加的每一场葬礼都将成为你的葬礼。我们从坡上走下来。卡罗琳娜拉住我的手。好了。我母亲已经死了。我想我会把住址登记到卡达克斯。既然你住在这里，这样最好。

2

据我所知，唯一能够暂时解脱死亡——也解脱生活——而且不会在过后令人加倍沮丧的事情，只有性。那种喷薄而出的激情可以让一切都在瞬间灰飞烟灭。但只是那么短暂的一会儿，或者如果做爱完很快入睡的话，顶多稍稍持续一段时间。之后，家具、衣服、回忆、灯、恐慌、悲伤，所有在奥兹国魔法师[1]的龙卷风里消失不见的东西，全都再次从天而降并毫厘不差地回到原来的位置，回到房间里、脑海里、胃里。我睁开眼睛。原来我并没有被鲜花和感恩戴德载歌载舞的小矮人们包围，而是躺在床上，在前夫的身边。家里一片寂静，洞开的窗户外传来孩子们在游泳池戏水的欢闹声。湛蓝而清澈的光线预示着又一个艳阳高照的炎热天气。从床上，可以远远望见芭蕉树的树冠微微摆动，对世间一切苦难都报以令人惊讶的冷漠。

显然，昨夜芭蕉树并没有自燃，树枝也没有变成致命的飞剑，没有血如泉涌，也没有发生任何类似的惊悚事件。我没有动，偷偷看了看奥斯卡，知道哪怕是最细微的动作也会把他惊

---

1 《绿野仙踪》里的人物。

醒。我们已经很久没有一起睡了。我观察着他修长而强壮的身体，微微凹陷的胸，窄窄的髋部，自行车运动员的腿，轮廓鲜明又富于阳刚之气的粗犷面容，雄浑的表情中带着一丝动物的野性。“我喜欢他，他的脸很有男子汉气概。”母亲曾对我说。她第一次碰见他是在电梯里，无须任何介绍，她一下子就猜到这个有着倔强的面容和羞涩少年的身体，还微微驼背的男孩子，是要去我的公寓。她还故意跟他调情：“天太热了，我穿着衣服洗了个澡，然后穿着湿衣服坐下来写作，结果半小时后，衣服竟然干了！”他到达的时候，我已经急不可待微微颤抖，他却乐不可支：“我刚刚好像碰见了你母亲。”曾经有一段时间，奥斯卡的身体是我唯一的家，是世界上唯一的庇护所。然后我们有了一个儿子。再然后，我们开始认识对方。我总想像热带雨林中的动物一样生活：循着直觉、皮肤和月亮周期的指引，毫不迟疑、心怀感激，甚至带着某种解脱去回应身体提出的所有那些不需要大脑思考的要求，因为身体和星辰已经替我们考虑过并做出了决定。但总有一天，动物也不得不开始直立行走并创造语言。从理论上来讲，这件事在人类历史上只发生过一次，那就是人类不再用四肢爬行，而是站起来并开始思考。可是对我来说，这件事却发生在每一次从爱情的云端坠落。每一次，都是强行迫降。

已经记不清有多少次，我们试图重归于好。但总有些东西从中作梗。他的个性或我的个性。现在他已经又交了女朋友，但这并不妨碍他此刻与我同床共枕。在那充满了无尽的黑暗、整天跟医院和医生周旋的最后六个月，在那场无可挽回的失败战役中，他也一直在我身边。妈妈，你怎么会认为自己有机会赢得这场战役？生命的终极之战。古往今来从未有人能够赢过的战役。即便是那些最聪明、最强壮、最勇敢、最慷慨，甚至那些值得战胜死亡的人。如果是我，我会满足于平静地死去。我们曾经常常谈论死亡，但从未想过恶毒的病魔会在带走一切之前先偷走你的理智，只留下一些偶尔的、断断续续的清醒，而这些清醒的时刻也让你更加痛苦。

和很多精力充沛体格健壮的男人一样，奥斯卡是性爱疗法的坚定捍卫者，他们认为没有性治不好的不幸、烦恼或沮丧。你悲伤吗？做爱吧！你母亲去世了？做爱吧！有时候真的管用。我蹑手蹑脚地从床上起来。奥斯卡还认为，开启一天最好的方式就是做爱。而我，每天早上都恨不得隐形，一直到吃饭的时间再完全现身。洗碗池里的脏盘子已经堆积如山，冰箱里只有几盒过期的酸奶、一个皱巴巴的苹果和两罐啤酒。既没有咖啡，也没有茶，我只好打开一罐啤酒。客厅窗外的大树摇晃着叶子向我问好，我发现住在前面的那个老太太家的百叶窗紧闭着。她应该是出去度假了，或者也许她也去世了，谁知道呢。我感觉自己好像在别的地方度过了好几个月。

我身上还带着昨夜的汗水，以及像公牛一样强壮、与我极尽缠绵的男人的汗水。我低头闻了闻衬衫的领口，辨认出一种陌生的气味，一丝看不见的痕迹：我的身体快乐而满足地被另一个身体入侵，我的光洁而湿润的皮肤被另一层皮肤占领，我的汗液与另一种不同的汗液混合。有时候，即便是淋浴也没办法消除这种气味，我会在好几天内一直觉察到它的存在，就像一件老旧却美丽的衣服——虽然会渐渐淡去，直到完全消失。我把啤酒罐贴到太阳穴上，闭上眼睛。从理论上来讲，这是一年中我最喜欢的季节，但此刻却没有任何计划。你的陷落，是几个月以来，甚至几年以来，我唯一的计划。我听到奥斯卡在卧室里翻来覆去，并朝我喊道："来，快来，我有非常重要的事情跟你说。"

这是他想做爱的小计谋之一，我假装没听见。如果我进去的话，不到午饭时间一定不会再出来，而我现在没有时间。死亡带来的是无数的未尽事宜。最后，嘟囔了十分钟，并且不停地嚷嚷说自己的内裤找不到了，肯定是我藏起来了——好吧，我真的无所事事以至于藏他的内裤玩——他终于从房间出来了，一言不发地站到我身后，将我按在桌上，开始吻我的后颈。我继续整理手里的文件，若无其事。于是他开始使劲咬我的耳朵。我抗议了，犹豫着是不是该给他一个耳光。但是当我决定也许这样做最好并准备这样做的时候，已经太迟了。一个男人扯掉或脱掉你内裤的方式会说明很多问题。而我体内的那个动物——也许是最近几个月来唯一没有化成灰烬的东西——弓起背，把手撑在桌上，全身紧绷。直到最后一刻，我以为自己会给他点颜色瞧瞧，但是另一颗心，被他的身体侵入的那颗心，开始狂跳，并忘却了一切。

"大清早的，你不该喝啤酒，小布兰卡，也不该抽烟。"看到我点烟，他补充说。

他看我的表情，跟这几天来全世界看我的表情一样，有些许担忧，些许怜悯，我已经弄不清他们的表情是我自己表情的反射，还是正相反。我已经好几天没照镜子了，或者说，照镜子却看不到自己，只是为了梳妆打扮。我和镜子从来没有相处得如此糟糕：镜子，我的同伴，我的兄弟，努力想提醒我，狂欢已经结束了。在奥斯卡的眼神中，除了怜悯和担忧，还有一丝温柔，一种非常近似于爱的感情。但是我不习惯表示难过，我的整个肠胃都纠结成一团。你能还像五分钟以前那样看着我吗？拜托！你能不能把我当成一件物品、一个玩具？一件可以获得并给人愉悦的东西，不悲伤的东西，而不是刚刚失去了一生挚爱、骑着摩托车在巴塞罗那街头横冲直撞又无法准时到达的可怜虫？

“我觉得你应该离开几天，散散心。你在这儿已经无事可做，而且整个城市都空了。”

“没错，你说得对。”

“我不希望你孤独。”

“嗯。”我没有告诉他，从几个月前开始，我就一直感到孤独。

“最糟糕的事情已经过去了。”

我笑了。

“最糟的和最好的。一切都过去了。”

“有很多人爱你。”

近几天已经不知道多少次听到这句话了。爱我的人们，那沉默而亲切的大军全都蜂拥而来，而此时此刻，我唯一想做的事却是蜷缩在床上，独自安静一下。而母亲坐在我身边，拉着我的手，把她的手放在我的额头上。

“是的，是的，我知道。我很感激。”我没有告诉他，我已不再相信任何人的爱，连母亲都在某段时间内不再爱我，爱是世界上最不可靠的东西。

“你为什么不去卡达克斯待几天呢？现在那是你的房子了。”

可是，你在说什么呢？糊涂鲁莽的愚蠢家伙？看着他那双充满善意和担忧的眼睛，这个念头在我的脑海中一闪而过。那是我母亲的房子。永远都是。

“我不知道。”我回答。

“船也都下水了。你们在那里会很愉快。”

也许他说得有道理，我对自己说。那个被大山施了咒语的公路以及狂野的风守护的村落，让所有那些没有资格欣赏它的天空之美、它夏日黄昏时玫瑰色晚霞的人头痛不已，而那里的巫婆们总是保护着我。很小的时候，我就看到她们是如何爬到高高的钟楼上，哈哈大笑或皱着眉头，驱逐或拥抱那些新来的人：让深深相爱的恋人之间爆发争吵，告诉水母去叮咬哪些腿和胃，战略性地把刺豚鱼放在某些人脚下；看着她们如何绘就迷人的黎明——即便是最严重的宿醉也会退却，把镇子的每一条街道和每一个角落变成人们的栖身之地，用丝绒般的海浪将你包裹，抹去世界上所有的不幸和烦恼。而现在，一个新的女巫又诞生了。

“没错，也许你是对的。卡达克斯。我会去卡达克斯。”我说，“塔拉！我的家！塔拉的红土地！我将回到塔拉……无论如何，明天将是新的一天。”

我喝了一大口啤酒。

“这是哪部电影了？”我问他。

“我想你是把《乱世佳人》和《E.T.》搞混了。”他笑着说。

“啊，有可能，有可能。空腹喝酒总是让我昏头昏脑。有多少次我强迫你看《乱世佳人》？”

“很多次。”

“那有多少次你看着看着睡着了？”

“几乎每次。”

“没错，你对电影的品位简直不能再差了。几乎就是个文盲。”

他没有立刻回答，只是微笑地看着我，眼中充满希望。奥斯卡是我认识的成年男子中为数不多的、能做出满怀希冀表情的人之一。东方三圣的表情。我从未告诉过他这一点，也不认为他自己知道这一点。充满希望是最难伪装的表情之一，而且随着梦想——那种真正的梦想、童真的梦想——的消失，逐渐被纯粹的欲望所取代。

“一切都会好的，布兰卡，你会看到的。”

“我知道。”我在说谎。

他告诉我他得去巴黎出差，一回来就去卡达克斯看我们并跟我们一起待几天。接着他叹了口气补充说：“我都不知道怎么跟女朋友交代。”男人总是会把事情搞砸。我装出一副十分担心的样子（其实这也是一种很难伪装的表情，但没有充满希望的表情那么难），然后用力关上了门。

老兄，我不知道，没有了母亲，我要怎么办？

3

尼古拉斯认为你在天上跟大猩猩“雪花”打扑克。虽然只有五岁，但他解释任何事物都显得那么自信，以至于有时候我都信以为真。而我，已经年过四十，而且对你的了解要深得多。或者也许并不是这样。最近我感觉这些孩子才是唯一能奇迹般真正接近你，唯一有能力透过病痛和神志不清，看到并接近曾经的那个你，唯一足够善良又足够聪明，能让你重新振作的人。他们很幸运，从未哪怕一分钟地恨过你。我想不出还有什么赞美能好过于此。在他们的画中，现在的你从我们头顶上飞过，形象半是淘气的巫婆，半是严肃的仙女，跟生前的你没有太大区别。

他们刚刚在基连家待了几天。基连是我大儿子的父亲。回来的时候，孩子们都晒得黝黑，长高了，肚子里塞满了基连家院子里种的黄瓜和西红柿做成的沙拉。这些新鲜的蔬菜水果，我每次收到时都热情高涨，但最终它们的归宿往往还是垃圾桶，因为每当试图清洗它们的时候，蹦出来的小虫子会让我像从事任何田野劳动一样毫无信心。

“基连，我只想要白雪公主那样的毒苹果！我的问题是，每次吃绿色生态苹果，总是觉得一口下去会咬掉一条毛毛虫的脑袋。这让我十分苦恼。你明白的，对吗？”

“当然，你喜欢吃毒苹果，不是吗？好吧，别担心，下次我们给你带点那样的，看看合不合你的意。”

然后他做了一个抹脖的动作，闭上眼睛，伸出舌头，把孩子们都逗笑了。孩子们都超爱他的疯癫和巧手：前一分钟还在详尽地向他们讲述法国大革命每一天的进程，后一分钟就带他们去院子里种西红柿。

基连是一位考古学家，他支持加泰罗尼亚[1]独立，喜欢喝酒，彬彬有礼而富有同情心，机智、和蔼、狡黠、强壮、多疑、慷慨，十分有趣又十分固执。他的座右铭是“不要自找麻烦”，而的确，除了我们在一起度过的那些年中他总是麻烦不断，其他时间他一直很忠实地遵守这个信条。我们之间的感情可以用爱恨交织来概括。我爱他，而他几乎总是假装恨我。但是他的恨好过我认识的大多数人的爱。最后是他收留了巴顿，我母亲的

1 西班牙的一个自治区。2015年11月9日，西班牙加泰罗尼亚议会投票赞成其从西班牙独立的决议。

老狗。在我们离婚前，巴顿曾是我们的狗。后来有一天，因为要出远门，我把它放在母亲那里，但等我回来，她告诉我巴顿是她的了，它跟自己的母亲和姐妹在一起会更好。就这样，你抢走了我们的狗，并把它养成了你的。你对一切所爱的事物都是如此对待。所有的一切，你都剥夺他们的生活，又赠予他们另一种生活，比他们曾了解过或以后有机会了解到的任何世界都更加宽广、更加张扬、更加有趣。而他们为此付出的高昂代价就是要忍受你严厉的质询，成为爱的囚徒。正如你自己所说，在任何情况下，这种爱永远永远都不会是盲目的。虽然也许对于狗，或者仅仅对于狗来说，是这样的。巴顿比它的母亲和姐妹都长寿。那一天，你任凭我们把它带走，而没有提出抗议，因为你知道它不能再跟你在一起了。于是我明白你大限将至。如果你已经准备好放弃你的狗，说明你已经准备好放弃一切，说明我们已经抵达深渊的尽头——两年来，我们一直在不停地坠落。那个傍晚，虽然还可以将你的手握在手中，我已经开始着手准备后事，就为了能将你安葬在里盖特港口的陵园中。巴顿也参加了你的葬礼，它是现场唯一的一条狗。基连在它的脖子上系了一个黑色领结——这主意一望而知是他的风格——而巴顿也表现得像个淑女。它没像平时一样两腿叉开趴在那里，而是坐在树荫下，肃穆而正式，戴着黑色的领结，陪在基连身边。而基连则穿着旧牛仔裤，为这个场合特意熨烫过的衬衫在肚子的地方微微裂开了。我想你会喜欢它的样子，你会坐到他们旁边——你也同样喜欢自寻烦恼——拍拍巴顿的脑袋，旁观自己沉默的葬礼。或者你确实这样做了，只是我不知道而已。

“好吧，小布兰卡，你看到了吧，我把他们喂得很棒。是不是，孩子们？”

两个孩子像受过训练一般齐刷刷地表示同意。

“我有没有给你们吃老妈常常塞给你们的那些冷冻比萨或者垃圾面条？”

孩子们一齐摇头。

“没错，妈妈，我们吃得非常棒！”弟弟尼古拉斯说。

“我很高兴。”

“对了，你知道吗？你们吃的那种方便面罐头已经被禁止销售了，”基连说，“现在只有去黑市才能搞到。”

他笑了。我装出愤愤的表情盯着他，直到自己也忍不住笑了起来。

“他们还每天都去游泳。每天！你上次带他们去游泳是什么时候的事了？”

“从来没有！”孩子们异口同声地喊。

基连得意地微笑着。

“妈妈，我们跟基连一起去的那个游泳池还卖炸玉米条。他们还专门给他准备杜松子酒。”

基连用手示意他们闭嘴。

“杜松子酒。没错。所以全都是健康食品，对吗？还有炸玉米条，我猜也是来自于某个生态菜园……”

“总而言之，说正经的，对孩子们来说，户外活动非常有益，但在这里你们什么都干不了。这座城市一到夏天就令人难以忍受，好吧，实际上一年到头都是这样。为什么不去卡达克斯待几天？在那儿你们会很开心。船已经下水了，对吗？”

“是的，图图鲁号已经下水了。是我妈安排的一切。”

多么疯狂，妈妈，你是多么疯狂。你真的认为自己能去扬帆出海？没有了你，还依然会是那片同样的海吗？或者难道那片海已经被折了又折，直到变成一块被折得整齐优雅的餐巾那么大，然后你把它装在口袋里带走了？

“那太好了，她一定希望你们能玩得尽兴。”

我把他送到门口，他轻轻拍了拍我的肩。

“来吧，振作起来。下周咱们在卡达克斯见，好吗？你等着瞧吧，在那儿，我们会很快乐、很平静。”

4

2014-7-20 7:10:15

芭蕉树的树冠微微摆动，对世间一切苦难都报以令人惊讶的冷漠。

发现你所居住的城市里最隐秘的角落——不是那种浪漫的所在，而是真正不可能被发现的地方，最好的办法之一，就是爱上一个已婚男人。只有这样才能解释此刻我们为什么会置身于巴达洛纳，至少我觉得这是巴达洛纳。卫生状况可疑的油炸丸子在我们看来是无上的美味，肮脏的小酒吧在我们眼里成了地球上最妙不可言的地方。我们如此开心，不但流连不肯离去，还相约很快再来这里，仿佛那是丽兹酒店。自从你与世长辞，我有好几个星期没见到桑迪了。前几个月，当你在床上奋力而徒劳地与病魔和痴呆抗争的时候，我也在另一张床上肉搏，同样徒劳，同样奋不顾身，只为了向自己、向世界证明，我还活着。死亡的反面不是生，而是性。而随着你身上的病魔越来越凶猛而不可遏制，我的性欲也变得越来越凶猛而不可遏制，仿佛在全世界所有的床上都在展开一场战役，你的战役。众所周知，绝望的人们绝望地做爱。每天早上我睁开眼睛告别黎明，独自一人，或被陪伴着，总会高兴地想：世界比我的卧室小一点点。有时候，我感觉你和我正在变成干枯而脆弱的树，像幽灵一样灰暗，顷刻间就要化为尘土。但是当我这样告诉你时，你却向我承诺不会发生这样的事。

你说，你和我是你所认识的最坚强的人，什么样的狂风都无法将我们吹倒。

桑迪穿上了我最喜欢的牛仔裤，是一种非常陈旧的暗红色，和一件很久以前我们一起买的卡其色大衣。我想他这样穿既是为了取悦我，也是将它当成抵御激烈争吵的护身符，这种争吵经常会破坏我们之间的关系。当我看到他骑着自行车在机动车流中穿行，像箭一般朝我飞奔过来，站在那里，好像只有二十岁，而不是两倍于此的年龄，穿着那条破烂的红牛仔裤，黝黑而紧实的身体由于长期热衷于滑雪和自行车运动，下半身比上半身粗壮很多，肌肉更加发达，工人般短粗的双手还经常带着伤时，我像每次一样怦然心动。我想，正是因为这样，我才会继续跟他约会，而且每次都会心跳加速。你总是假装担忧地对我说："你的问题在于对英俊的男人毫无抵抗能力。"但我认为，在内心深处你是喜欢这种特质的：像男人一样率性而童真，爱一个人只爱这样毫无理由、随机而抽象的方面，比如美丽的外表，而不是权力、智慧或金钱。

我们喝了两杯甘蔗酒，然后决定快速去吃点东西，因为已经很久没见面了，所以非常焦急地渴望在一起。我们的手在难以察觉地游走，我抚摸着他的腰，他触碰着我的肩头。在为我点烟时，他轻抚了一下我的小指，而且自始至终我们之间的距离一直保持在比正常朋友近五厘米以上的亲密。我们走进小胡同去寻找某个安静而偏僻的藏身之所，在穿过一条地下通道时，他把我摁到墙上，吻我，把手伸进我的底裤。男性的体力只应为给予女性快感而存在，为了榨干我们身体里每一滴伤痛、每一滴恐惧。一个背着书包的少年路过，一边斜着眼睛偷偷地看我们，一边加快了脚步。我几乎都已经忘了初吻时的慌乱，在学会享受缓慢和静止，学会外科医生般严谨的动作之前，那种急不可待和弄痛的淤斑，我们从只用身体做爱成长到同时也用头脑做爱。

“我们会被人捉奸成为公众丑闻。”我咬着他的耳根说。

他笑了，极不情愿地从我身上离开几厘米，然后小心翼翼地帮我重新整理好裤子和衬衫，仿佛我是一个小女孩，他则像为小女儿们穿衣服那样温柔。

“我们可以找一天晚上到这里来做爱。你觉得呢？”我对他说，“像少年一样。”

“好啊。”

“我会穿裙子，那样更方便。”

他拉住我的手。

“我们去吃点东西，小荡妇。”

“没有什么事情能比得上站着做爱。这一点全世界都知道。”我补充说。

他轻轻地朝我屁股踢了一脚。

我喝了一杯白葡萄酒，对一个和蔼的服务生说也许这酒不够凉，他没有征求我的意见就很果断地帮我往里加了一块冰。冰块在酒中悲伤地融化了。桑迪一边跟酒吧老板热烈地交谈，一边抚摸着我的膝盖。这个老板从不对服务生和颜悦色，对谁都不友善，我想对你也会一样。桑迪对店里的蘑菇炸丸子大加赞赏，虽然明显是冷冻的。他微笑地看着我的大领口。

“我跟你讲过我的理论吗？男人好吃是因为性欲没有得到满足，”我问他，“而正是这些人支撑着这座城市里所有的时髦餐馆。你有没有注意到这些餐厅里总是坐满了中年夫妇？他们戴着比汽车还要昂贵的表，讨论着炸丸子的菜谱，而她们则一副恶心而无聊的表情，眼神放空，或者在计算卡路里。”

“那你知道我的理论吗？当你想做的时候，就是因为你想做了。”

“我倒从没想到过这一点。有可能。”

他用双手捧住我的脊背，像一件人肉胸衣，紧紧地勒住我的身体，双手的指尖几乎都能触碰到一起。

“你这么瘦小的身体怎么能有这样的巨乳？”

“我的朋友苏菲认为巨乳是一桩烦恼，还说它们应该像男人的家伙一样，需要的时候就变大，不需要的时候就缩回理想尺寸，然后乖乖地待着。可伸缩胸部。”

他笑了。

“你的朋友们都是疯子。你也是。”

他又向服务生要了两杯酒。我感觉自己喝多了。酒瓶已经空了，而我记得我们刚到的时候还几乎是满瓶的。桑迪双手捧着我的脸吻我，仿佛怕我逃走。虽然我表示不吃，他还是向服务生又要了一份炸丸子，并带着担忧的表情叹着气说：

“她什么都不吃。”

“吃点儿吧，美女，吃吧。”

我咬了半个丸子，把酒一饮而尽。

“干杯！”他说，“为了我们。”

“为了我们。”

我们沉默着对视了一会儿。

“我的生活是一坨屎。糟透了。”他突然嘟囔着说。

“我也是。”我回答说。

接着我笑了，基连说我的笑声像鬣狗，他还教孩子们模仿，惟妙惟肖。据精神病医生说，这种笑声代表紧张。

“你的工作怎么样？”

“我们这些合伙人已经三个月没有发薪水了。全国没有哪个建筑事务所还有生意，没有任何一栋建筑开工。我们不知道以后会怎样。”

“是吗？太不幸了。”

“此时此刻，就算我想分手也不可能，因为我付不起房租。”

这再次证明，争取两性平等的运动取得了不容置疑的胜利，其目的就是为了让他们越来越像我们，而不是让我们越来越像他们。我不无忧伤地想，现在连男人们也不敢离婚，怕失去地位。

“而且我也不能去滑雪了。”他孩子气地补充说。

“没错。这才是个真正的灾难。”

“你真是个巫婆！”

认识桑迪已经有两年多了，我从不愿知道任何关于他跟他妻子之间的事情，出于敏感，出于尊重，也是出于恐惧。一般来说，我认为关于别人知道得越少越好。无论如何，事情早晚都会水落石出，只是个时间问题，而只要睁大眼睛竖起耳朵，这个时间也不会很长。

“我本来很希望葬礼上能跟你在一起。”

“我们走吧。”我站了起来。

我们找到了一个清雅宜人的小酒店，在离海最近的一排，虽然有些陈旧，但弥漫着居家的温馨。

“你喜欢吗？你觉得好吗？”

“嗯，很完美。”

他要了一间午睡用的海景房，便开始解我的衬衫。前台服务员一边继续敲打着电脑，一边肆无忌惮地打量着我们。在等待整理房间的时候，我们要了一杯杜松子酒，来到了街上。海滩上空空荡荡的，只有零星几个晒太阳的人，因为少了熙熙攘攘混杂的人群，那几具突兀而暴露的身体在正午的阳光下显得十分难看。一具身体，即便是最不赏心悦目、最病态或最满目疮痍的，也可以显得伟岸而令人激动，但一百具身体一起陈列在烈日下的时候却永远不会如此。我又把衬衫的扣子扣上了两粒。

我们上楼来到房间，这是一个简单而干净的小屋：白色的墙，两个羞答答的单人床，铺着蓝色斑纹的床罩，这种蓝色跟窗帘以及一个小小书桌上方悬挂的两幅帆船画都是同样的颜色。我笑了起来。

“两个单人床。你看到了吗？这是前台接待员对咱们在楼下那番表演的报复。”

“那家伙坏透了。”

但至少这是个海景房，从阳台上望去，大海和地平线都属于我们。海中嬉戏的身体都变成了小小蚂蚁，并恢复了尊严。桑迪，从骨子里就是个建筑师，只要有哪怕一点机会进行改善，就无法忍受让这样一个空间保持原样。他把一个床垫搬到阳台上，让我躺在上面，并开始脱我的衣服。阳光太刺眼，我几乎看不到他。我闭上眼睛，感到天旋地转，于是又睁开眼睛，试图将注意力集中到他的吻上。他正一点点从我的双腿吻上来。但是我头晕得厉害，现在只想让他给我拿杯水来。

“你苍白得厉害，还好吗？”他问我。

我喝了两口，开始呕吐。我试图起来，却两腿发软。他把我送到卫生间，我一直不停地吐，直到胃里一点固体都没有，然后又吐了好长时间的液体。当我把所有的酒都吐干净，身体却还努力想要向外推出点什么。我的身体，是另一个迷失的天堂。最后，胃痉挛终于缓解了。我看到镜中的我们，我赤裸的身体像一个灰色的幽灵，眼睛亮晶晶的，而我的身后，桑迪还穿着衣服，这个穿红色裤子的自行车运动员、滑雪者，他可以毫无节制地喝酒嗑药，却从不失去谨慎，即便随后需要各种兴奋剂的刺激，而且不抽一支大烟或者吃一片安眠药就无法入睡。如果不是因为现在感觉这么不舒服，我会觉得他很性感。我为自己的身体疯狂，尽管它是不对称的，柔软、瘦骨嶙峋、不完美、不匀称，但我宠着它，爱抚它，给予它想要的一切，我跟随它去任何地方，温柔地顺从它，从不违背它的意愿。它是理智的反面。我一直尝试，直到现在也还在努力，想让头脑成为主宰，然而一直没有什么成果：身体应该成为一个永远充满魅力的乐园。

“你好点了吗？”桑迪问我。

他拧了一条湿毛巾，帮我擦拭额头和脖子，然后把衣服递给我。

“差不多吧。”

“我忘了你空腹喝酒会多难受。我太想见到你了。”

“别担心，都是我自己的错。最后一杯杜松子酒确实不该喝。如果我今晚死不了的话，明天就会好了。”

桑迪把他的自行车放到我的车里，然后开车送我回家。我打开车窗，闭上眼睛。好累，我只想睡觉。一到家门口，他匆匆忙忙吻了一下我的嘴唇就告辞了。

“这一片有好多学校，可能会有熟人看到我。”他东张西望地说。在骑上车子临走前，他又补充说，“我会跟全家去卡达克斯待几天，几个朋友邀请我们去。希望到时候能溜出来去见你。”

我关上门，全速冲上楼梯：又要吐了。我关上了卫生间的门。

5

家门口堆满了箱子。在帮佣女孩的协助下，我将它们全都堆放在门口左边的角落，跟上次搬家时的那些箱子堆在一起，一共六摞，垒起来几乎顶到天花板。上次搬家是两年前的事了，这些箱子我至今都没有打开过。刚刚搬来这里时，我们也曾挨个儿打开箱子收拾物件，但是当家里再也装不下哪怕是一根针、一本书或者一个玩具时，不得不就此罢手。箱子就存放在楼下，等有了更大的房子时再打开。我已经不记得箱子里面装的是什么了，也许是书。每次找东西都找不到。毫无疑问，也许两年，或者甚至是二十年后再打开这些箱子，我会发现很多珍宝。你的箱子里装满了书、餐具、茶具、餐巾、桌布。丢弃你的东西对我来说是一件很困难的事，尤其是那些我知道你曾爱过的东西。有些时候，我想着应该扔掉一切，但是几分钟以后就后悔了，并决定连最琐碎最微不足道的物件都保存着。可是三个小时后，我又开始考虑把所有的东西都送人。我猜，那是开始决定我的生活究竟要离你多远的时刻。这是一种艰难的平衡，跟活着的人保持距离反而会更容易。在那堆箱子旁边有一根长长的挂衣架，来参加派对的客人们可以把东西放在那里，上面还挂着你那件灰蓝色带暗红条纹的羊毛外套。这是我保留下来的唯一一件你的衣服。不是因为它昂贵，而是因为我无数次地看到你穿着它，而且这是我们俩一起在你最喜爱的商店里买的。我没有勇气将它送去染坊。我猜上面还有你的气味，但是连这一点我也不敢去确认。我感到害怕，好像这是一个落满灰尘的鬼魂，还沾满了狗毛，每次一回到家就会跟我打招呼。我依然对死人感到恐惧，但是看到你死去的样子，我却并不害怕，甚至可以在你身边，一直坐几个世纪。我只是感觉你不在了：夏日清晨的阳光从窗户照进来，再也没有任何阻碍地洒满整个房间、整个世界，继续存在的是残破的我们、你痛苦的表情、沉默、疲惫，一种新的、深不见底的孤独正在拥我入怀，仿佛每当我踩下去时，地面就在我的脚下一层接一层地裂开。如果你的灵魂，或者其他类似灵魂的东西还活着，飞也似的逃离那个阴沉的房间，我也不会责怪你，因为如果是我，也会那样做。

“你挂在楼下的那件恶心的外套是怎么回事？”索菲亚进门的时候问我。

她穿着她母亲的一件嬉皮士风格的旧衣，白色亚麻带红色滚边。那是她很久以前找出来的，后来请裁缝改制，做成了一件新颖而优雅的衣服。索菲亚的穿衣风格总是恰到好处，她对细节的注重在我们这个时代中显得颇为不同寻常。我感觉只有一些上了年纪的老先生才会这么讲究，而且跟我旧牛仔裤加男式衬衫的日常装扮风格迥异。我们的孩子在同一所学校上学。有一天下午，我跟她在校门口攀谈起来。其实，在这之前，我对这个古怪而穿着考究的疯女人已经注意好久了：她会某一天戴着一顶巨大的宽边草帽用来挡雨，而第二天又穿着玫红色羊毛短裤出现，下面配黑色连裤袜。当你探测到某个人不但跟你有着相同的品位、相同的厌恶，和你一样热爱白葡萄酒，和你一样有着拿什么都不当回事的轻狂，但是你们会一致毫不保留地全身投入到生活以及相关的事情上——这既是因为冲动而自信的性格，也是因为有一个被过度保护的童年——我们的友谊几乎是一见钟情，跟少女之间的趣味相投一样。

“那是我妈的外套，”我说，“还没有拿去洗染店，因为说实话我不知道该拿它怎么办。这是我留下的唯一一件她的衣服。”

我告诉她，上次去看埃莱娜，就是我的保姆玛丽莎的女儿——玛丽莎是一个不同寻常的女人，是我第二个母亲，前几年因心脏病去世了——她已经是癌症晚期，那天穿着一件她母亲的印花罩衫。我一眼就认出了这件衣服，虽然觉得她穿这件衣服可以理解，但同时也觉得仿佛是某种预兆，可怕的预兆，死亡的拥抱。我还回忆起上学时的一个女同学，金色的头发，瘦瘦高高。很多年以前，在一次体育课上，进入田径跑道之前，她给我看她穿的一双黄色的袜子，长长的一直盖过膝盖，那曾属于她的父亲，而他那时刚刚死于癌症。我当时从未接触过死亡，所以那使我感到既悲伤又浪漫（在少年时期，伤感跟其他的感情一样，稍纵即逝而矫揉造作，至少对我来说是如此）。一年后，也就是十七岁那年，我的父亲也死于癌症。从那以后，死亡就开启了多米诺模式，而我想，这串异常沉重的死亡珠链上的最后一环，将会是我。

“我觉得你应该把它送去洗染店，然后搁在衣柜最顶上，”艾丽莎说，“过一段时间，你就可以决定怎么处理它了，不着急。”

艾丽莎也过来一起吃饭，我们仨几乎从来没有同时约到一起过。三角关系即便是在同性友谊中都不受待见。

“我马上去准备鸡尾酒，这会让你振作一点。”索菲亚说。

索菲亚是调制鸡尾酒的专家，她经常背着一个精致的原色帆布包满城转悠，里面装着调制鸡尾酒所必需的器皿。艾丽莎带来了寿司。我从冰箱里取出一些干巴巴的剩奶酪，然后我们在餐桌旁坐下。我们为生活干杯，为自己、为夏天干杯。最后，好像全世界都争着要跟我干杯，为了欢呼一个不知道会不会到来的未来。

“好吧，姑娘们，”我说，“我已经决定去卡达克斯待几天。性，毒品，摇滚。谁报名？”

艾丽莎望着我，满脸担忧，而索菲亚则热烈鼓掌。

“就是！就是！咱们去卡达克斯吧！”她欢叫着，而艾丽莎则开始旁征博引滔滔不绝地谈起毒品的危害、弗洛伊德、服丧、母亲的角色以及那些对我虎视眈眈的危险。一个全心投入享受世界，另一个却宁愿忍受痛苦并剖析痛苦。

“你有没有注意到，自从跟那个古巴人好上以后，她穿衣服也越来越像古巴人了？”索菲亚对我窃窃私语。

“没错……”

艾丽莎穿了一条白色花边的超短裙，一双高跟凉拖和一件红色圆盘图案的上衣。深色蜷曲的长发披散着，指甲染成了红色。她看起来快乐而活泼，像一个五岁的女孩。我们每个人在幸福的时候都会显得比较年轻，但是艾丽莎在两分钟之内可以从五岁变成五千岁，她几乎永远都在两个极端上。等她老了，肯定会是一个有着精明灰鼠脸的老太太，我想着，而她还在用电视新闻播音员的严肃态度侃侃而谈。

“看她的屁股，跟一个古巴人谈恋爱只是时间问题。”索菲亚小声补充说。

但问题是，我暗想，在这样一个屁股内部，或者更准确地说，在这样一个美丽的古巴翘臀上面，是一个永不停歇的法国存在主义哲学家式的睿智而善于分析的头脑，这使她的生活变得有点复杂。这个可怜的女人总是在古巴翘臀和法国哲学头脑之间努力保持平衡。

“你应该跟你的古巴人一起来。”等她讲完，我对她说。

“他叫达米安！我都跟你们说了一千遍了！”她抗议说。

“啊，对！达米安，达米安，达米安。我每次都忘，对不起。不过，再怎么说他也的确是古巴人，不是吗？而且他是我认识的唯一一个古巴人。”

艾丽莎很严肃地看着我，什么都没说。我跟朋友们之间的关系一直都是激情四射而又摩擦不断，然而在母亲漫长的生病期间，这种友谊变得缓和而平静。我问自己，需要多长时间，一切才能恢复正常？

“哦，对呀，你们一起来吧，一起来！”索菲亚喊道，“对了，你跟达米安相处得怎么样？你开心吗？”

“我很开心。但是他在性方面贪得无厌。事实上我都筋疲力尽了。”艾丽莎回答说。

艾丽莎有能力使任何话题，甚至跟一个新男朋友的性生活，都变成睿智而学术的话题。而索菲亚正相反，她把身边的一切都变得轻浮而诙谐。我们三个人，每个人都有一个主题，一条主线，一个特有的口头禅，一种独有的环绕于身的香氛，一首永远相伴左右的背景音乐，永恒不变，有时候无声无息，却如此持久而挥之不去。

“还有谁要来？”索菲亚问。

“让我想想。哦，对了，我的两个前夫。”

“什么？”她们俩异口同声地喊。

“你要跟你的前夫们一起去卡达克斯？不是在开玩笑吧？你觉得这正常吗？”艾丽莎说。

“我不知道是不是正常。不过是你们整天唠叨说我不能一个人待着，身边应该整天有爱我的人围着我转。那么，我觉得奥斯卡和基连爱我。”

“我觉得这样很好啊！”索菲亚叫道，“正常是坨狗屎。让我们为不正常干杯！”

“为不正常干杯！”我也喊道，我们俩拥抱了一下。

接着两杯酒下肚，索菲亚就开始亲吻离她最近的人，并发誓永远爱这个人了。

“还有桑迪也去。跟他的家人。”我补充说。

这回连索菲亚都一副难以置信的表情。

“会非常非常好玩的，你们看着吧。”她们俩看着我，眼睛瞪得像铜铃。我笑了起来。

6

我们开始向卡达克斯进发，每次去度假都像是一场远征。后座上坐着三个孩子：埃德加、尼克[1]和索菲亚的儿子达尼尔，还有保姆乌尔苏拉。我开车，索菲亚坐副驾驶。我还是觉得奇怪，甚至有点荒唐，指挥、掌控这一切的人居然是我：决定出发的时间、指挥乌尔苏拉、给孩子们挑选要穿的衣服、开车。我一边从后视镜中观察着孩子们嬉笑打闹，一边想，自己随时都可能被撕去假面具，被打发到后座上跟他们坐在一起。我是一个伪装的成人，所有离开游戏场的努力都是一场轰轰烈烈的失败。我现在的感受跟六岁时毫无区别，看到的还是同样的东西：一只蹦蹦跳跳的小狗，它的脑袋在地下室的窗户上一会儿出现一会儿消失；爷爷牵着孙子的手；英俊的男人们点燃挑逗的马达；叮叮当当的手镯捕捉到一线阳光时亮晃晃的反射；孤寂的老人；热吻的情侣；乞丐；年迈却不服老的老太太们以龟速横穿街道；树。每个人看到的东西都不一样，每个人看到的东西永远都不会变，而这些东西也从根本上定义我们。我们会本能地爱上那些跟自己看

1 尼古拉斯的昵称。下同。

到同样东西的人，而且会立刻认出这样的人。让一个男人站到街上，问他："你看到了什么？"从他的回答里，你能了解一切，就好像童话故事一般。一个人想什么不重要，看到什么才说明问题。只要能让我重新坐回母亲车子的后座，跟弟弟布鲁诺、保姆玛丽莎和她的女儿埃莱娜（她总是来跟我们一起度假）挤在一起，还有萨佛和科里纳，我们的两条腊肠犬，以及拉莉，玛丽莎那条浑身跳蚤、笨拙而神经质的巨大狮子狗，它憎恶卡达克斯和我们精致的腊肠犬，我会毫不犹豫地交出头上这顶可悲又脆弱的成人冠冕，因为它丝毫不令我感到愉悦，反而三番五次地掉在地上，骨碌碌地从街道上滚下坡去。

"孩子们，你们觉得买一张乒乓球桌放在卡达克斯车库里怎么样？"

所有人都热烈同意。

"不过对于狗和乒乓球桌可得特别小心，知道吗？"

"为什么？为什么？"尼克和达尼尔异口同声地问。埃德加，已经完全是个少年了，低头玩着手机，什么也没说，但我注意到他在听。他永远都那么注意地在听。

于是，我给他们讲了玛丽莎那条变态狗拉莉的故事。有一次，它在卡达克斯突然发了疯，闪电般地从楼梯上扑下去，而埃莱娜、玛丽莎和我一边叫喊着一边追赶它，想把它抓住。于是，当它眼看着就要扑到车库时，便从楼梯的缝隙间一跃而下，而那楼梯足足有四米高。我弟弟跟他的朋友们本来正在那里安静地打球，巨大的黑狗从天而降砸到了乒乓球台子上，可怜的孩子们被吓得魂飞魄散，四散而逃，而布鲁诺则勃然大怒，因为随着夏天过去，能跟他打球的朋友本就越来越少了，何况他还一口咬定是我教拉莉扑到台子上的，就为了气他。

“这肯定是事实，”埃德加说，斜着眼睛看着我，“外婆总是说你‘坏透了，布兰卡，你很坏’。”

“外婆从来没这么说过。”我撒谎道。

“她每次一见你就这么说。”

“她在开玩笑。外婆很爱我。”

“知道啦，知道啦。”

外婆已经不是以前的外婆了。这个从不知畏惧为何物的女人，开始日夜与恐惧为伴。她感觉到力气、头脑和朋友都在消失，还有原先永远围在她身边的那群人。（“知道人老了最难以接受的事情之一是什么吗？”有一天她对我说，“你发现再也没有人愿意听你的解释了。”）她已看到来日无多。一切都结束了，除了她强烈的求生意愿和无望的挣扎。外婆从未认输过，她勇敢迎接每一场战役而且总是习惯于赢得胜利。我想她只有在最后一天才承认这一局输了。在最后待的那家医院，坐在病床上，我对她说不要担心，这已经是她第三次得肺炎了，这次一定也会好的。这家医院到现在还常常出现在我的噩梦中。（虽然你在之前两个月寄居的那家老人院在我梦中出现得更加频繁，但是在医院里，我明白了那些关于垂死挣扎的电影都完全是现实主义的，导演们没有任何编造。）我还对她说，我会好的，孩子们都会好的，一切都会井然有序。她看着我，什么都没说。她已经无法开口说话了——我不知道一个什么样的临终才会让人有心情发表最后感言，也许是那些非常在意身后名声的人，或者电影中所有那些关于临终遗言的情节都是胡编乱造的——她开始哭泣，无声地哭泣，脸部的肌肉没有任何动作，定定地看着我。你最好的朋友安娜当时也在医院里，也许是为了保护我，她说应该是空调把你的眼睛吹红了，但我知道，你是在向我告别。我一滴眼泪都没掉，只是温柔地握住你的手，再次对你说：别担心，我们所有人都会好好的。几个月以前，那时候你的去世对我来说还是一件无法想象的事，虽然到现在也还是如此。当时我们在你家聊天，突然，就像有人说“我需要牙膏”一样自然，你站在那里，并没有看我，一边在卫生间里找东西，一边对我说：“认识你很荣幸。”我难以置信地让你重复了两遍。那个时候，我们之间的爱已经变得十分痛苦，我觉得你不爱我，也不知道我是否还在继续爱着你。那次我笑了，并对你说别说傻话，然而两分钟以后，我们又开始吵架。现在回想起来，你当时已经知道，那个你如此憎恶又悬而未决的时期已经走到了尽头。最后的阶段到了，这个句号像匕首，像氧气瓶。

在旁边车道上，艾丽莎和达米安开着自己的车，欢快地朝我们挥手致意。我有些忌妒地看着他们：我猜他们一定在一边听音乐——他们自己喜欢的音乐，而不是孩子们喜欢的音乐——一边聊天，或者想着自己的事情。我还想象着，没有孩子拖累的艾丽莎可以一个人洗澡，或者跟达米安一起，而不会有孩子跟笑眯眯的保姆跑进来问你那件中国满族面具在哪儿。去卡达克斯，这样的面具是必不可少的，因为在那里，你要么穿着中国满族人的衣服，要么就别去。“就这样！”尼克补充说。“我光着身子在洗澡，你们没看到吗？快走开！”尼克表示抗议，乌尔苏拉却笑了，这是她以不变应万变的策略。对于我的第二个前夫，这种态度总是会激怒他，但是却总让我觉得好笑。“轻松是优雅的一种，”我说，“轻松快乐地生活是一件非常困难的事情。”“你把轻松和对什么都无所谓的无赖态度搞混了，小布兰卡，全世界都能愚弄你。”他说。

为了让这趟旅程不那么漫长，我们决定半路上去汤姆家吃饭。汤姆是达尼尔的父亲，索菲亚很年轻的时候，他们曾是情侣，而分手以后两人也一直是朋友，所以当索菲亚渐渐步入中年，生孩子可能会越来越难时，她决定去找他，并请求他给她一个孩子。而汤姆，那时候已经结婚，生了两个女儿，后来又离了婚。他同意了她的请求，但很明确地表示：虽然他接受这个孩子随他的姓，并承诺经常去探望他，但孩子是索菲亚的，而且只是她一个人的，因为他已经有两个女儿，得经常照顾她们，所以不想再要更多孩子了。索菲亚心怀感激地接受了这个交易，把孩子看成是他赠予的礼物，而汤姆则继续过自己的生活。

他住在一座巨大的房子里，就在一片无垠的旷野中间，在那里，他收容流浪狗并饲养比格犬。如果我可以成为其他人，那么我的梦想之一就是生活在一片被动物环绕的乡村，但是如果附近没有电影院，没有二十四小时开门的超市，没有一大群不认识的人，我会感到烦恼。虽然如此，能去看一大群小狗崽让我跟孩子们一样充满期待。而虽然过一会儿还要继续上路，但能够将卡达克斯公路暂时抛诸身后，变成了一种出人意料的解脱。所有曾跟母亲一起走过的公路都让我痛苦。死亡是如此卑鄙，将我们驱逐到无处立足。通往汤姆家的那条长长的土路安静而偏僻，我边走边想，也许应该收养一条比格犬幼崽。入口处，一块落满灰尘的小牌子上画着几只绿色的活蹦乱跳的狗，写着：比格犬庄园。我们按了门铃，但没人出来。孩子们爬上铁丝网，开始大喊：“汤姆！汤姆！”远远地听到几声犬吠后，突然，一群年龄参差不齐、品种混杂和状态各异的狗朝我们一路小跑过来。看到这些由人类创造或驯化、习惯于囚居在公寓中的动物，享受着即便是稍纵即逝的自由，总让我心情大好。看看它们在太阳下奔跑的纯粹享受：那迎着风的耳朵，伸出的舌头，不停摇动的尾巴。那是生的幸福。幸福无他，即是接受赐予而不问其他。狗群涌向庄园的另一头，孩子们尖叫着，无法控制激动。在狗群后面，有两个男孩子微笑着走过来。他们步子很大，却很放松，仿佛正穿行在高高的麦田里；他们穿着破旧的牛仔裤，睡眼惺忪，青春的身体轮廓充满弹性，目光带着微微的嘲弄，一看就是那种成绩不好，整天在街上晃荡的小青年。我观察着他们如何小心地抽着大烟，叫着每条狗的名字，跟它们嬉戏，一边觉得好笑，一边又有些忌妒。他们打开铁栅栏让我们进去，并告诉我们汤姆在家，刚睡醒，马上就来。狗群用兴高采烈的跳跃和舔舐欢迎我们，偶尔发出几声叫喊，但立刻就被那两个年轻人制止了。孩子们从来没有看到过这么多狗在一起，在犹豫不决了几分钟以后，已经在院里到处乱跑，笑着叫着，身后跟着欢天喜地的狗群。然而有一条狗却始终不离我的左右。这是一条老狗，毛色已经斑驳，能依稀认出是条德国牧羊犬。我第一眼就看到了它，在狗群的队尾，稍稍

2014-7-25 9:15:36

家里一片寂静，洞开的窗户外传来孩子们在游泳池戏水的欢闹声。

落后一些，带着疲惫而悲伤的气质。它也发觉我看到了它，所以靠近了我。任何一个养过狗的人都知道，是狗选择我们，而不是我们选择狗。这是一种类似于人与人之间偶尔产生的惺惺相惜，无声无息，转瞬即逝却无可争议。但是这种信任在狗的身上却能持续一生。我抚摸着它的头。每次我想把手拿开，它就把嘴靠近我的腿，轻轻地推着我要求更多宠爱。

“它叫什么名字？”我问其中一个男孩。

“国王。”

“没错。我想在它生命中的某一时刻，对某个人来说，曾是国王。”

瘦高个年轻人冲我微笑，没有征求我的意见就把大烟递过来。

“它的女主人几个月前死于癌症，所以就留在了这里。”

我弯下腰，再次摸了摸它的头。

“我认为你还是个国王。知道吗？从远处就能看出来。你成了孤家寡人了，嗯？好吧，好吧，她是个浑蛋，对吗？”

我轻轻地拍了拍它的背，它的毛粗壮而坚硬，有点粗糙，是黑色的，肚皮和四肢是发红的金色。老狗那种深沉、严肃而担忧的目光，正是病人们的目光。如果你喜欢人，就不可能不喜欢狗。

远处，埃德加像地主般检阅着草地边上的无花果树，上面结满了饱满欲裂的果实。我想他将永远不会像十三岁时的今天这样成熟，对一切了然于胸，严肃、善良、谨慎、惜字如金、敏感而有责任心，而我，当然永远都达不到他的高度。也许一个人对于另外一个人能够产生的最崇高的感情就是尊重，而不是爱或喜欢。达米安走到我身边，小声请我偷偷把大烟递给他，因为艾丽莎不喜欢他抽烟，而索菲亚则开始跟另一个照顾狗的男孩调情，那是个罗马尼亚人，几乎不会说西班牙语。而跟我聊天的那个叫罗格，是加泰罗尼亚人，他一边和我抽着烟，一边告诉我，这里不但收留流浪狗，而且在人们出差或度假期间，如果没有亲友可以帮忙照料，也可以把狗寄养在这里。这时候，汤姆出现了。显然他穿衣服很匆忙，裤子还破了个洞。

“屁股都露出来啦。”索菲亚跟他打招呼。

他摸了摸裤子的臀部，笑了起来。他说西班牙语像一个巴塞罗那的好小孩，而说加泰兰语则像恩波达的农民。他有一头蜜糖色的头发，一双从英格兰母亲那里遗传的蓝色而浪漫的眼睛，还有一个南方男人典型的圆滚滚的体型，肩背方正而强壮，有点小肚腩，双手短而粗，黝黑的皮肤被太阳晒脱了皮。老成持重，永远都看着别人的眼睛，我想这是跟狗狗们学的。他很爱笑，敏捷而懂得发号施令。他喜欢动物，喜欢女人，喜欢扑克和大麻。据索菲亚说，在狗庄园的后面，种着绵延几公里的大麻，跟其他很多营生一样，用以维持动物们的生活。

我们决定在吃饭前去看小狗崽们，于是穿过无花果树和橄榄树林来到了一栋又长又低矮的房子前，这里，它被分割成很多小间，外侧的隔间里住满了狗崽，听到我们的声音，它们便上蹿下跳，疯了一样到处跑，而另一些刚刚出生的小狗崽则住在昏暗的内间，那里更加凉爽而安静，远离大狗们的嘈杂。空气中，飘浮着某种关于生命顿悟的庄严和震惊，不论是人类还是动物的生命。这种感觉是虚幻的，但是给人触手可及的错觉，令人不由得肃然起敬。孩子们也觉察到了：刚刚分娩完的母狗们那种筋疲力尽、付出与放弃；像没毛的老鼠一样丑陋而睁不开眼睛的狗崽们那种茫然和脆弱；令人作呕的生命的味道。他们默不作声，不敢进去。孩子们请求我带上一只稍大一点的狗崽，我却盘算着领养一条母狗，用你的名字为它命名。但我立刻就意识到，这完全是因为抽了大烟才会产生的荒唐念头，我不该又空腹抽烟。我对孩子们说他们应该找东方三圣要。

我们在公路旁一家小旅店吃的午餐，这是一个简单却安适的地方，没有任何美学意味，但在那里，我们吃得很好，是家里从未吃过的家常菜。有一次你跟我说，在奶瓶和土豆泥阶段结束以后，你去找我们的儿科大夫聊儿童营养。那是一个非常有名的医生，一个很有魅力而又强势凌人的智者，我很怕他。我还记得有一次因为哭闹，他把我赶出了诊所。你告诉他自己这辈子从未进过厨房，而且你也毫无这样的打算。萨乌莱达医生告诉你别担心，从原则上来说，如果冰箱里有牛奶或其他奶制品，有点水果、饼干或也许有点甜火腿，这些都行。所以还没到青春期，我们就已经是法国奶酪专家，知道在冰箱里永远存着一瓶法国香槟用来应急是多么重要，而且我们觉得，有些晚餐只有萨恰的糕点是世界上最正常不过的事，而萨恰是我们最喜欢的蛋糕店。在家里，厨房只用于给客人加热食物，或者给帮佣的女孩煮令人作呕的猪肝米粥。你的狗在被迫像其他同类一样只吃饲料前，特别喜欢吃这种米粥。无论如何，萨乌莱达医生的话不无道理，因为我们都长得高大、强壮而健康，而且我们长成了两个相当有魅力的年轻人，我们曾认为——对我来说现在也依然如此——没有什么能比朋友家里的家常菜更加美味而具有异域风情了。每当受邀去朋友家吃饭，都会在女主人目瞪口呆而心满意足的注视下，狼吞虎咽着宾豆、古巴米饭或通心粉，就好像那是世界上最美味的佳肴。

吃完饭，孩子们就跟乌尔苏拉泡进了游泳池，而我们则去露台喝咖啡。马上有人给我们送来一瓶果酒和几个小杯子，让我们自斟自饮。汤姆是这里的常客，主人已熟知他的习惯。他提到自己正要参加一个很重要的扑克大赛。

“我母亲很喜欢打扑克。”我说。

“啊！”他回答说，“那就叫她也来参加吧。”

居然有人不知道母亲去世了，这让我感到难以置信，就好像有人不知道地球是圆的一样。

“她不在了。三十四天前去世的。”

他惊讶而严肃地看着我。我真希望能笑着告诉他：“开玩笑呢，伙计，我在捉弄你呢。我母亲好得很，跟往常一样令人难以忍受。”

“是吗？我很难过。我不知道是这样。”

“她曾无数次想要教会我打扑克。”

“那也许我能教你。”

“好啊，那太好了。”

汤姆刚跟女朋友分手——据索菲亚说，那是一个隐居在山上的女疯子——所以他的“雷达”再次启动了。有些男人没有性雷达，或者几乎不用，只在需要的时候才打开，然后再关上。而另一些男人的性雷达永远都在开启状态，连在睡觉、在超市里排队、在电脑屏幕前、在牙科诊所的候诊室里，也一刻不停地疯狂转动，发射并接收着电波。文明因第一种人而得以传承，但世界因第二种人才得以延续。

“要不咱们去看电影吧？”索菲亚突然提议说。

我们喝了不少酒，所有人都认为过一段时间再回去开车是个好主意。

“好啊，好啊，咱们走，”汤姆说，然后他转向我，“我们可以手拉手坐在一起。”

我们都笑了。虽然并没有对他一见钟情，但我还是不由自主地开始跟他调情，感觉好像要被甜蜜融化了——那种流淌的、暖暖的甜蜜，好像两个孩子计划去偷一袋零食，然后从商店里飞跑出去，又激动又害怕。不是那种浓稠、凝重、阴暗的甜蜜，它会让我们堕入地狱。但无论如何，这种甜蜜也可以暂时解脱死亡。自从你去世以后，甚至自从你去世之前，我感觉自己做的任何事情都是为了去抢夺爱，在路边拾获的任何一点细微而随意的爱的迹象，都像发现金沙一样如获至宝。我已经被彻底摧毁。我需要被人征服。哪怕是超市女孩的一个微笑，大街上陌生人的一个眨眼，跟报亭大叔的一次平淡无奇的交谈，什么都行。这一切，我都贪婪地吸取，多少都不够，多少都无济于事。

电影讲述的是一个孩子的故事，他的狗被汽车轧死了，但是又意外得以复活，然后再次死去，又最后一次复生。我们坐了两排，大人们坐前排，孩子们和乌尔苏拉坐后排。汤姆拉着我的手，整场电影我们一直这样，十指交缠，有一次，他小心翼翼地亲吻我的手，并用嘴唇摩挲我的脖颈。我把头靠在他的肩上，闭上了眼睛，任由他抚摸着我的膝盖，感觉很舒服，但并不令人激动。也许在得到一件东西之前，应该至少有那么一点渴望，才会感受到获得的幸福。我们都被电影的结尾感动了，但两个人都假装在掩饰。这是很久以来我对一个男人做的最文明的事。孩子们看得全神贯注，而且比以前任何时候都更想要一条狗。天色渐晚，我们回到汤姆家，埃德加请求摘一些成熟的无花果。流浪狗们在草地上奔跑，踩着穿透树丛和云间的最后几缕阳光。“国王”矜持地走过来问候我，像一个被废黜的落魄君王。

“你为什么不把它带走？”汤姆问我，“这是条好狗，而且它喜欢你。对此，我毫不意外。”

“我也喜欢它。但是我拿不定主意，也许对孩子们来说，还是养只小狗崽比较好。跟我一起生活过的狗，事实上哪一只都不真正属于我，不是我母亲的，就是我伴侣的。母亲曾说我没有能力照顾一只狗。我非常欣赏你在这里所做的一切，抛弃狗的坏人都应该被关进监狱。”

“谢谢。好吧，如果有一天你想养狗，你知道我在哪里。”

在告别前，他给了我们一个塑料袋，袋口拧了几圈，又系了好多结。索菲亚打开一看，笑了起来，并给我看。

“这么说你种大麻是真的了？”

“我想你们去度假正用得上。再见！”

到卡达克斯时已经是深夜，我们把睡眼蒙眬的孩子们抱到床上。我把朋友们留在露台，给他们一瓶杜松子酒，就去睡觉了。在躺下之前，我发现有一个汤姆的未接来电。我没有给他回电话：他正在找一个人，但不是我。我抱着枕头，祈求度过一个平静的夜晚，虽然明知这不可能。我的身体里有一种嗥叫，一般来说，白天它不会打扰我，但是一到晚上，每当我躺在床上试图睡觉，它就醒过来并且像一只暴怒的猫一样横冲直撞，抓挠我的胸口，敲打我的太阳穴，令我下颌痉挛。为了让它平静下来，有时候我会张开嘴巴假装在无声地呐喊，但是即便这样也无法欺骗它，它还是一如既往地疯狂，试图将我撕碎。天亮，孩子们的杂事以及日常家务会让它有几个小时的缄默和平息，但是之后，每当夜幕降临，而我一个人独处，它就会准时前来赴约。我用力闭上眼睛，又睁开眼睛。它又来了。

7

第二天，我很早就醒了，于是走上露台去看海。无数回忆涌上心头，像一层密密实实的帷幔，但这一次，并没有让我窒息。我想，所谓的家就是这样吧，人们曾在那里居住，所有的事都在那里发生。生活，我们的生活曾是如此幸运。祖父常从巴塞罗那带来成箱的水果；瑞美洗衣店会来取走脏衣服；佩比塔德拉卡略塔糕饼店把为我们特制的巨大蛋黄酥放在托盘里送过来；玛丽莎做的蔬菜冷汤；早餐永远都是烤面包和黄油；在阳台栏杆上晾晒的沙滩浴巾；不情不愿的午觉；为了去镇上而梳妆打扮；下午的冰淇淋和射击游戏。第一次喝醉、第一次恋爱、第一次夜不能寐。以及毒品，抽完后在丝绸般的海面上滑翔；客厅壁画中的人物好像都得到了生命，变成了魔鬼；在空无一人的广场上跟一个朋友跳舞直到天亮，还撞到树上；每一个彻夜无眠的夜晚，毫无顾忌地开怀大笑，永远不知道会发生什么的激动，对于世界属于我们这件事深信不疑。然后我学会了交男朋友。交过很多男朋友。怀第一个孩子。带着孩子们一起来卡达克斯。在这座到处都是棱角的二十世纪七十年代建筑里，孩子们总是磕得头破血流，和二十年前我弟弟每年夏天的遭遇一样。还有那些离别，你的晚年。从前，家里的门一直都是对全世界敞开的，我记得甚至晚上都不关门，那时却开始关上了，仿佛被一股无形的飓风推动着。当幸福一点一点流失，生活已不复如初。虽然每天的流程几乎没有变化：早餐、出海、午餐、午睡、牌局。看到曾经和我一起嬉戏的伙伴们带着孩子，你会用疲惫的目光注视。年轻时，即便筋疲力尽，也从不会流露出一丝倦意；后来的你，却长时间地盯着地面，有时候甚至都不抬起眼睛。还有玛丽莎的去世，以及玛丽莎的女儿埃莱娜的去世。数年以后，虽然并不是很情愿，我感到有义务来卡达克斯跟你共度几天，但最终我还是什么都没做。看着这座房子跟你一起老去，我变得越来越孤单，最后，变成了你。然而，清晨玫瑰色和白色的光影交错、清澈的空气和波光粼粼的平静大海抹去了世界上所有的悲剧，并努力证明我们都是幸福的，我们拥有一切。如果不回首过往，几乎让人觉得生活刚刚开始，眼前的风景跟我二十岁时别无二致。我抬起目光望向你的房间。这座房子里最大最漂亮的房间，视线最好的房间。有时候，你就埋伏在楼梯上部，穿着那件破旧的夏日长裙——是帮佣的女孩们在小市场买的，你甚至都懒得自己去买或者去挑选，你深信优雅是一种精神上的东西，而不是美学问题——还有乱蓬蓬的灰色头发，你在那里，就像一个指挥军队的将领，对这一天的事情发号施令。而有时候，我们正在露台上安静地交谈，在吊床里晃悠，你会突然从房间出来插嘴，发表某些戏谑或不怀好意的看法。现在你的房间空着，也许我应该把基连和巴顿安置在那里，而我自己，甚至连门都不敢进。在别人醒来之前，我逃离了家，我需要一杯咖啡，而且想去趟墓地。村里到处都是来避暑的人，但是现在这个时刻还显得很平静，早起的人们出来买面包和报纸，在出海之前，或者在忙于招呼孩子们之前，计划着午饭吃什么。每天早晨，最重要的事情就是决定中午吃什么，以及给孩子们抹防晒霜。这个时间，街上几乎没有年轻人，我想他们还都在睡觉。我对青春最怀念的，是叉着腿呼呼大睡的样子。而现在我钻进被窝就好像钻进棺材一样。有时候，为了不面对这一切，我会胡乱蜷缩在沙发上入睡。得到性爱很容易，但是有人能整夜拥着你就是另一回事了。而且即便是这样，也无法保证一夜安眠。有些男人令人极不舒服。早晨炎热的微风使我身上的真丝衣服像米纸一样飘浮在皮肤上。做到无足轻重并且让一切都无足轻重，即使悲伤使一切都沉重如山。在从小就常常光顾的广场小亭子里，人们再次向我表达哀思，小心翼翼地，几乎有些难为情。我很感激他们没有惊天动地地表示难过以及同情，虽然爱着你但不表露出这种感情是一件很难做到的事情。在深深相爱的恋人之间存在一种闪闪发光的东西，仿佛他们正处于旋涡的中心，没有任何风能把他们吹走。我们只有在相爱又互相尊重的时候才最强大，然而这种经验是如此难以企及，至少对我来说，只有性爱那一刹那的火花能够替代——低密度的爱毫无用处，因为不存在这样的爱。散步时，我遇到了市长胡安，他穿着海军蓝的长短裤和一尘不染的白衬衫，肤色黝黑，永远都显得那么快乐。我们从小相识，当我写信给他说你希望能够安葬在这里时，他非常热心地帮了忙。他说没有问题，可以安排，并且安慰我，只要还活着就有希望。我当时已经知道没有希望了，但是一样很感谢他的帮助和安慰。我觉得你埋骨的青山是世界上最美的地方之一。虽然我目前健康状况良好，而且只有四十岁，还可以直面死亡，但是不久的将来，我会买下你隔壁的墓地，在那里，我们甚至都不必起床就可以看到日出。胡安很帅，有教养而且魅力十足。也许对于一个政客来说，有点太过于风度翩翩了。每次碰见他，我都会怀疑他是否真是卡达克斯市长。他每次都哈哈大笑。眉目传情的门道真是无止境。身边的朋友当上市长，这件事情让我觉得格格不入而不同寻常，仿佛全世界都应该跟我一起继续待在学校的操场上，跳着绳，看天上的云。我父亲曾说，当卡达克斯市的市长应该是世界上最好的工作了，当然我没有亲耳听到他说这句话，是你向我转述的。我也不记得曾跟他一起来过卡达克斯，在我们很小的时候，你们就分手了。关于他的很多事情都是你告诉我的。

我还记得有一天，在你待过的倒数第二座公寓里，你因为行为恶劣被他们赶了出去。事实上，远远不止行为恶劣那么简单。帕金森病正在吞噬你的大脑，它仿佛一道堤坝遽然开裂，让你失去了非凡的头脑，一切不再可控，渐被洪水淹没。事实上，你已经病入膏肓，无法再继续住在这个专供老年人居住的豪华套间，虽然你愤怒而绝望地不肯接受——当然主要是愤怒——自欺欺人地认为事实不是这样的。我试图跟你对话，求你恢复理智，缴械投降，不要再拒绝我们的帮助，如果这真的是最后的大限，就让我们好好地度过，就像我们一直说的那样，最后的日子应该是有尊严、平静而祥和的。正如我的父亲，正如他在面对病痛和死亡时的冷静。人们曾经——你曾经——告诉我，在病重期间，有一天他在医院里说：“考虑到生活向来是一个浑蛋，我这一生算是很幸运了。”可是后来你却望着无边的黑暗，对我说：“你父亲的死不是这样的，不是你想象中那样。”

我没有勇气问你事实是什么，而你再也没有说什么，让那句令人痛彻心扉的话回响在我们之间，然后被永远定格。我不知道你是在清醒的瞬间说这句话的还是糊涂时刻的冲动。我永远也不会知道了。我也不想知道，父亲究竟是满怀恐惧、大喊大叫着离开了这个世界，还是带着英雄般的壮烈溘然长逝。至少这种英雄气概帮助我——那个无知的小女孩——度过了那么多年。

我走进“水手餐厅”吃早饭。游客都坐在沙滩边上，而老顾客都坐在玻璃门旁边的桌子旁，那里不但最挡风，而且能对进出的人一目了然。我突然看见，其中一张常客桌旁，在你葬礼上出现的那个神秘男人坐在那里。我一下子就认出了他，大而有力的脑袋，活跃、灵敏而带点戏谑的目光，栗色的胡须，金黄的头发浓密而蜷曲，大鼻子，淹没在胡子中的厚嘴唇，细长却健硕的身躯。他正在看报纸，当感觉到有人靠近时抬起了目光。我不禁露出一丝微笑，跟他迅速交换了一下目光。无论如何，我不太想再次得到慰唁，也不想将我的悲伤和疲惫强加到一个陌生人身上。然而，我挺直了身体坐下，摘下太阳镜，把裙子稍稍往上拉了拉。我想我跟全世界绝大多数的女人，也许还跟教皇或者其他某个宗教领袖一样，怀着“爱是唯一能够拯救我们的东西”的疯狂想法。而男人们，以及某些聪明的女人，知道工作、野心、努力和好奇也能拯救我们。无论如何，我想没有人能够在缺乏一定剂量的爱和身体接触的条件下生活。当爱的剂量在某一水平以下，我们就腐烂了。性的妓女是必不可少的，而且还应该有“爱的妓女”。现实中没有“爱的妓女”只是因为爱是如此难以复制、难以假装，如此需要全情投入，如此长久而隐秘，同时也如此毁人。

“你在跟谁眉来眼去的？”索菲亚坐到我旁边，把她那巨大的草篮子放在椅子上。

“你怎么知道我在跟人眉来眼去？”

“你摆出了调情时特有的挺拔姿势和矫揉造作的神态，而且你内裤都快露出来啦。”

我笑了。

“才不是呢，而且这是件泳衣。”

“不，不，我觉得非常完美，”接着她转向服务生，他正托着一个装满了羊角面包和烤面包配黄油的托盘，“麻烦您给我来杯甘蔗酒，小杯的，”她用拇指和食指比画了一个小小的尺寸，“主要是我还没有完全醒酒。”

我斜着眼睛看着她。她是如此娇小，穿着百褶短裤、条纹上衣，戴着蝴蝶形眼镜。深色的齐肩长发永远整齐柔顺：她每天都会洗头、吹干、烫直，一丝不乱。肤色均匀黝黑。完美的唇形，上唇有一个小小的人中凹陷。善于表达的眼睛。纤瘦、健壮而匀称的身体。

“你还记得我跟你说过，在葬礼上有一个不认识的帅哥吗？”

“我记得啊。”

“他就在这儿。”

“你说什么？”她大惊小怪地四处张望，就像一个鸟类学家听说有一只已经绝种的鸟正飞过上空。接着她微笑着说，“我知道是谁了。玻璃门旁边那个男的。我是不是很了解你？”

我又笑了。

“你怎么猜出来的？”

“很容易啊。他身上具备所有你喜欢的元素：大鼻子，瘦而强壮的身体，懂得随遇而安的那种散漫的优雅和简洁。大脑袋。衬衫和陈旧褪色的草鞋。剪短的牛仔裤。毫不显山露水，没有任何外在的标记。既没有手链，也没有文身，没有帽子，没有昂贵的表。这就是你的菜。去跟他打个招呼吧。”

“你疯啦，开这种玩笑，我会羞死。也许他都不记得我了。葬礼那天，我的状态极差。”

“胡说！你漂亮极了，虽然表情是悲痛而沉思的，事实上，从那以后你就一直是这样的表情。”

“这叫沮丧！”我回答说，“我在想他为什么会出现在葬礼上，是不是认识我母亲。”

“那就去问他啊！”

“不，不，无所谓了。改天吧。”

“你怎么知道还有下次？”

“总是有下次的啊。好吧，也不总是。但这个家伙肯定就住在这里。”

“好吧。胆小鬼。”

这时候，那个帅哥站了起来。索菲亚用胳膊肘撞了我一下，我们停止了说话，看着他。他朝出口走了几步，又停下，朝我们的方向看过来，用一个非常羞涩的表情向我们示意道别。索菲亚热烈地挥着手回应他，仿佛在挥别穿越大西洋的巨轮上的乘客。

“我告诉你，你要是不抓紧，我可要下手了。”

“这样很好啊。”

这时候，基连打来电话告诉我他第二天到。索菲亚从未碰见过他，所以非常好奇。我无法想象这两个完全不同的人在一起会是什么样。索菲亚入世、慷慨、宽容、诚实而透明，性格狂热而童真，激情四射又极度自恋；而基连则是我认识的最狡黠、最讽刺而不拘俗套的男人，原则坚定，绝对不能容忍任何傻事。索菲亚可以一大清早打电话来就为了告诉我，因为她正处于一个极富创造力的阶段，不停地涌现出新的灵感让她对上一季的时装进行修改和组合，因而熬了个通宵；而基连则永远都穿着他们学院学生设计的、用于期末出游时统一着装的旧衬衣。她娇小纤弱，像一个关节脆弱的瓷娃娃；而他，在我认识他的时候还像如今我们的儿子那么瘦，但现在已经长成了一个结实而生命力旺盛的男人。但他这个人一直都没有变：固执的内在总是会让人原形毕露，到最后我们还是最初的那个自己，美丽和青春只是一段时间内的伪装。在某些时刻，我开始能隐约想象出朋友们将来的面容，当然，孩子们可以忽略，对他们来说为时尚早，他们还沐浴着生命的光辉，并反射着这种光辉。我几乎不敢哪怕是远远地偷看一眼自己将来老去的容颜。而你的面容，妈妈，从病魔强加于你的面具后面消失了。我每天都努力想要再次看到它，穿过最后那几年的层层迷雾，找到你真实的、还没有变得坚如磐石的目光。这种努力就像在试图用锤子砸倒一堵墙。悲伤也是如此，仿佛薄薄的、脆弱的水晶层，逐渐在头顶上积聚，一点一点地将我们笼罩。我们就像童话故事里的豌豆，被埋在一千层床垫下，像一道原本明亮的光，却不得不微弱地闪烁。而且，就像故事里说的，只有真爱，才能为这种痛画上句号，而有时候即使是真爱也无能为力。时间会让一切慢慢淡去，正如现在对我们所做的那样，就像马戏团的驯兽人逐渐磨灭动物们野性的光芒。

索菲亚把甘蔗酒一饮而尽，而刚刚同达米安一起到达的艾丽莎正在决定我们中午吃什么。索菲亚提出她可以负责买酒，而我，利用服丧的借口，再加上众所周知在家务事上不能指望我，决定去做一个足疗。找别的时间去墓地吧，下午，或者明天。

镇上只有一个药妆店。就在海边，很小的店面，架子上放满了各种产品和香水，弥漫着淡淡的滑石粉和凋零玫瑰的香味，是已经过气的那种时尚风格。尽头一个很小的房间用来做美容护理。为我做足疗的是一个中年女士，比我还要年长。她告诉我，除了做美容，她还是个巫婆。我说我也是。“‘我是一个巫婆’跟‘我很巫婆’，那是两回事。”我补充说。她沉默了，眯缝着眼睛，用怀疑的目光看着我。她不像个巫婆。不过还好，她的穿着打扮是典型的乡下妇女。及膝的棕色半裙，白底蓝色碎花的短袖衬衫，护士一样的白色木屐。金发碧眼，精致的发型和妆容，稍稍矮胖，显得很有母性。当然，最近任何一个比我年长的女性都仿佛闪耀着母性光辉，都让我有投入她们怀抱的欲望。

我躺在小床上，她开始为我按摩脚。我闭上眼睛，深呼吸。自从你去世，对我来说唯一能缓解情绪的就是身体接触，哪怕是再短暂、再随意或再轻微的接触。我合上了所有的书，这一次它们再也无法慰藉我，反而总是让我想起你，想起你家里堆满书的书架；想起你每年一次的书房大扫除，你总是用手持吸尘器仔仔细细地清洁；想起我们远赴伦敦去寻找某些带插图的童书；想起我们并肩坐在酒店床上检视着它们的那些时光，我漫不经心地来来去去做着别的事情，而你却完全沉浸其中，像一个小女孩。

“从一个人看书的眼神、打开与合上书、翻阅书页的方式，就可以知道他是不是真的喜欢书。”你经常说。

“就像对男人一样。”我每次都想，而且有时候会说出来。而你看着我，半是惊讶，半是好笑，既是威严的家长，又是一生中从不错失任何一个能让自己开怀的机会的女人，然后你笑了。我们之间从来都不是那种互相信任、可以无话不谈的母女，我们从来就不是朋友，从不分享隐私，我想我们总是试图向对方展示自己最美好的一面。还记得那天，你对我说，如果过一阵我还不来例假的话，也许得去看医生，而我平静地回答说，两年前我就来例假了，但是没告诉你，因为这跟你没关系，当时你如此震惊。当时我们正在车里，你猛地踩住了刹车，张大嘴巴看着我好几秒钟，直到听见其他的车拼命按喇叭，你才加速前进。从此以后，我们就再也没有谈起过这个话题。

打开任何一本书，我都无法不想到你。但是男人不一样。本能地，我从很年轻的时候就知道，生命中的这个部分应该将你拒之门外，否则你也会以你的自私、慷慨、理智和爱侵入这里。你保持着一个谨慎的距离，观察着我恋爱、失恋，撞到头破血流，再重新站起来；在我幸福时享受着我的幸福，而在我痛苦时选择不来烦扰，既不会大惊小怪，也没有过多地指点。我猜想，一方面是因为你知道我一生的爱是你，而且任何飓风般激烈的爱都无法跟你的爱相提并论。毕竟，我们爱着，是因为童年的被爱，而后来的爱不过是之前被爱的复刻。所以，我欠你所有后来的爱，包括对孩子们那野蛮而盲目的爱。每当打开一本书，我都不可抑制地想再次看看你平静而专注的脸，虽然明知再也见不到它了，或者更不幸的是，它再也见不到我了。我再也不会受到你双眸的注视。当世界上爱我们的人越来越少，我们就随着死亡到来的节奏，逐渐变成陌路。我在这个世界上的位置只存在于你的目光里，而我一直觉得它是如此无可争辩而永恒，以至于从未想过去探询究竟是在哪里。这并不坏，因为直到我四十岁，生过两个儿子、结过两次婚、谈过很多次恋爱、搬过很多次家、换过很多次工作后，还能做个无忧无虑的小女孩。我希望自己能先学会长大，而不要直接就变成老太太。我不喜欢成为孤儿。我不是生来就注定悲伤。或者也许是的，也许这就是悲伤最精确的尺寸，也许这就是唯一合我尺寸的外衣。

“我发现你经络不畅，压力很大，”这位美容师巫婆对我说，“我能把手放到你胸口吗？”

我咬牙切齿地对她说可以。原则上，我的胸不是用来让不认识的中年妇女触碰的，即使她是巫婆也不行。她把手非常轻柔地放上来，透过衣服的丝绸，我感受到她的体温。但是我对于这一行为的亲密性如此警惕，以至于无法放松自己。三十秒以后，她拿开了手。

“你把自己关起来了，像石头一样坚硬，就好像你的心被关在一个笼子里。”

“我母亲刚刚去世。”我回答说。

“啊，原来如此。”她沉默了，这就证明她是骗人的。一个真正的巫婆面对死亡应该拥有更多的资源。“好吧，”她最后补充说，“我有一些精油可以帮你打开心，你晚上睡觉前点上……”

“不好意思，但是我讨厌那些古传秘方，”我打断她，想着我刚才真不应该让她碰到我的乳头，“我既不相信自然药物，也不相信顺势疗法，或者任何诸如此类的东西。”

“连巴赫花疗法都不信吗？”她有些惊恐地问我，紧紧地抓住挂在脖子上的那个小小的金十字架，中间镶着一块很小的红宝石。

“这个也不信。”

她用遗憾的表情看着我，仿佛感到更加内疚，因为我居然因为母亲的去世而连她的秘方都不信。

“因为我祖父是医生，外科医生，我们家里只相信科学。”我解释说。

她默默地做完了她的工作。我看了看脚，指甲已经像火烧一样了。出门时，这个美容师巫婆给了我两小罐精油：“会对你有好处的，等着看吧。好好保重！”我想，我会把它给孩子们，让他们调魔法药水。他们懂这个。

8

2014-7-25 9:25:18

这是我保留下来的唯一一件你的衣服。

艾丽莎出现了，穿着一条得克萨斯风格的迷你裙，一件白色吊带和一双并不相称的银色拖鞋。她肤色黝黑，蓬松的长发披散在肩头。我带着一丝忌妒想，她是为达米安而如此美丽。只为悦己者容和为所有的男人而容，或者不为任何人而容是完全不同的，因为她是他的唯一。虽然最优雅的人往往是为己而容的人。她不高，体型健美，很瘦但是曲线柔美，全身的重心几乎都集中到臀部周围。我经常跟她说我喜欢她的手：纤细却结实有力，虽然我们身高差很多，但她的手几乎跟我的一样大，而她总是很谦虚地回答："这是一双天生劳作的手。"这倒是真的。这是一双实用主义的手，不同于我喜欢的男人们那种足以杀死雄狮的双手；也不像你，你的手能够撕碎灵魂，向上帝祷告并佩戴古老戒指，虽然我敢肯定她这双手也同样有能力缓解高烧并驱走噩梦。如果没有她，我们这一群人都没有饭吃。即便不开火，索菲亚和我也能以酸奶、烤面包和白酒度日。而孩子们也都是如此健康强壮，以至于有时候我感觉，稍稍一点雨露就已足够滋润他们茁壮成长。

我们在卡罗琳娜和佩普的家里共进晚餐，佩普最好的朋友乌戈也来了，他也在这里度假。又一个可以调情的男人，我漫不经心地想，而艾丽莎和索菲亚正在谈论鞋子。

这时候埃德加上来了，四肢修长而灵活，全都晒成了金色。尼克还是一个鲜嫩嫩的幼崽，埃德加却已经长成了一头鹿。走路懒散而倦怠，几乎是从空气中轻轻飘过。成为少年后的他在我面前走路一贯如此，仿佛对他来说所有的地方都很讨厌，或者所有这些地方他都已经走过一百万遍。他说话也是这样，似乎懒得把话说完，更懒得讲述或解释，说话表明他还活着，仅此而已。大概每月会有一次，他会兴致勃勃地滔滔不绝两个小时，给我讲述学校里的冒险，但是因为几乎已经失去了语言的能力（至少在跟我谈话时是这样），他总是一边吃饭，一边笑得上气不接下气，并努力磕磕巴巴地表达自己。这种倾诉的冲动经常发生在晚餐时间，而我，虽然非常努力地集中注意力并尽量竖起耳朵，却几乎听不懂他的话。于是，很突然地，在把每个故事都重复三遍之后，他看着我，好像才蓦地意识到他正在跟自己的母亲说话。他愤愤地指责我像一堵墙一样无法交流，然后就沉默到下个月为止。我们之间另一种每月一次的典型对话就是“生活真美妙”之类的感叹。

“你们有没有发现我们的运气特别好！看那些树多美！看那条街！深呼吸。”在生活充满愉悦的时刻，我会对他们说。这种状态时不时地会出现在我身上，由于酒，由于吻，或者由于我自己的身体。在某些时候，体力的增强和最后几滴青春于我而言就是一份礼物。

每当这时，埃德加会面无表情地看着我，而尼克则假装深吸一口气，对我说他们已经知道啦，我已经说一千次了，今天看起来如此壮观的这条街是属于我们的街道，每天要来回走四趟。而他们真正想去的地方是佛罗伦萨，那是我两年前就答应过的。你那时总是威胁他不去埃及：“如果你表现不好，我们就不去埃及了。”你常常说。埃及爆发的革命和你的病情导致我们最终没有成行。你最后一次计划的旅行是去佛罗伦萨。当我表示没有办法同时照顾你和埃德加，因为如果你情况不好，离家又千里之遥，我会不知所措——在巴塞罗那，救护车、轮椅和凌晨的急诊已经开始成为家常便饭——你勃然大怒，指责我永远败事有余。玛丽莎想去罗马，我向她保证等你出院我们就去。我们已经商量好在你家里住一段时间，她教我做拿手的蔬菜冷汤和神秘的炸丸子，因为让你一个人住在卡达克斯是无法想象的。但一切都太迟了。你突然离世的时候我并不在，之前的两天也不在，完全不知道原来住在医院里，生命的火花会比在外面熄灭得更快，人体的养分会加倍消耗。而生与死，就如动画片里的BB鸟与歪心狼，在无菌走廊里疯狂地赛跑，兴奋而狂乱地闪避着护士和访客，肆意践踏着我们的生活。也许所有人都会有一趟最终未能成行的旅程，在已然不可能的时候还在策划着出行，好像试图用金钱购买时间，明知自己的时间已经耗尽，而没有人能够赠予我们哪怕再多一分钟。眼睛还可以四处张望，心里却在想着有些地方已经永远无法再去了，这该是一件多么令人无法忍受的事情——眼睁睁地看着可能性的大门戛然合上。

走上楼梯，埃德加不屑地看着我们三人，嘟囔着说："我饿了。咱们走吧。"

立刻，达尼尔和尼克也在乌尔苏拉的陪伴下上来了。乌尔苏拉看看我们三个，惊呼道："你们今天太美啦！"

索菲亚穿上了她那条印度风情的酒红色绝美长裙，长及脚踝，上面缀满了细小的圆形亮片，那是在古董店淘到的，还搭配了两个巨大的银耳坠。我穿着随手拿出来的已经褪色的玫红色棉质长裤，旧的黑色丝质衬衫，上面缀有绿色的小圆点，一双拖鞋和一只原来属于母亲的旧手镯。这只手镯我时而非常喜爱，时而却感觉像沉重的手铐。艾丽莎穿得好像要去跳萨尔萨舞。而乌尔苏拉则穿着一件勒得紧紧的衬衣，黄底银色的棕榈图案，搭配一条明显小了两号的淡紫色牛仔裤。我们像一群小丑。幸运的是，穿着长袖运动衣、长短裤和拖鞋的孩子们，为我们注入了一丝夏季气息。

卡罗琳娜和佩普有一栋小小的公寓，就在我们家后面，是度假公寓楼的一部分，也建于二十世纪七十年代初期，有着涂得很厚的白色水泥墙，红色的木质楼梯，长长的走廊，透过巨大的窗户可以望见镇子和海湾。我童年时，这些公寓曾是嬉皮士公社，被来自全世界形形色色的人占领。我还记得每天晚上都听着那群有趣的过客的音乐声、笑声和叫喊声入睡，而每当夏天结束，他们就纷纷回到荷兰、美国或者德国。我一直觉得他们是世界上最具有异域风情、最令人向往的群体。随着我渐渐长大，嬉皮士们渐渐老去，这些公寓又住满了二十世纪九十年代摩登、富有而令人尊敬的人。但是我们这些人有幸透过童年大门完全合上前的缝隙隐约看到二十世纪六十年代精神的尾巴：性自由、纯粹的自由、享乐的欲望、年轻人的勇敢和无限可能。我们并未得以从那个年代全身而退。我们每个人都有一个从未到达即已失去的天堂。

佩普和乌戈正在准备晚餐，一副夏日夜晚的休闲装扮：都穿着干净的牛仔裤，佩普身穿一件完美褪色而老旧的衬衣，乌戈穿一件闪闪发亮的白衬衫，卷着袖子。他们晒黑了。乌戈经常慢跑，总是戴着线编的手环，身上有一点淡淡的广藿香和香草的味道，似乎是开公司的。佩普是摄影师，光头，嗓音深沉，又高又瘦，敏感、持重而风趣。显而易见，他们的友情久远深厚，聊着一些无关紧要的逸事，互相捉弄，称呼对方为“我的朋友”。没有嫌隙，没有疑虑，每周都会见面一起踢球，一起喝啤酒。有时候，我甚至有些忌妒男性之间的友谊，站在局外人的角度来看，相比女人们的友情，那像是一条更加平坦而简单的路。女人之间的关系就像是永远的恋人，磕磕碰碰、紧张却又激情四射，而他们之间总是更像相处和睦的夫妻，也许没有澎湃的感情，但也没有大的起伏。

“你们饿吗？”佩普问孩子们。

“饿死啦！”索菲亚一边回答，一边扑向食物。

大家在花园里的餐桌边坐下。乌戈打开酒瓶，微笑着坐到我身边。

“你今天真美。”他对我说。

“可是今天早上尼克说我的脸像猫粮。孩子们是不说谎的。”

“那只是一个城市童话。孩子们跟大人一样说谎。”

“你说得有道理。我一直在说谎，而且这还不是我最大的缺点之一。”

我们俩都笑了。他说我们应该找一天手拉手去共进晚餐，而我试图说服他，我这个人很糟糕，不值得他邀请。男人的勾引技巧在于故意列举自己的缺点（比如我是个浑蛋，不要在我身上浪费时间），而这种伎俩往往很有效——因为证明了这一点我感到暗自好笑，同时一边吃饭，一边玩着手机。现在不会再发生每天都找不到手机的事情了。在你生病期间以及去世的时候，手机成了恶魔，是传递你痛苦和焦虑的信使。你总是凌晨打电话要我去你家，就为了告诉我你害怕，并说帮佣的女孩想要杀你。从某种意义上来说，这是真的。在最后几个月中，我数不清你换了多少看护人，但至少我已经成了面试保姆的专家，她们大多数人都无法忍受你超过两天。你一分钟都不让她们睡觉，从她们那里偷药，家里地上、你的床单上、纸堆里、书页中，到处都是散落的药丸，我甚至开始为狗的健康担忧。你一天要辞退她们两三次，到最后，还打了一个人的耳光。这种荒唐言行的主角居然是你，这真令人难过。在往昔的风光岁月，如果有人提起某个认识的人是这样的，我们一定会笑死——我们对抗不幸和渺小的武器几乎永远是哈哈大笑。疾病、疼痛（有些医生认为疼痛是你编造出来的），把你变成了一个自私的魔鬼。当我告诉你，我不能在凌晨四点把两个孩子单独留在家里时，你勃然大怒并挂掉了电话。在最后几个月中，我们之间的大部分谈话都以你摔电话告终。每次手机一响，看到是你的电话，我就心里一紧。最后我会断线，会忘记充电，会把它落在任何地方，故意找不到。每次按下接听键，我都会默默祈求，今天你给我打电话只是为了告诉我你爱我，你为遗弃了我而难过，可是每次你都是为了谈钱，并指责我抛弃了你。我真的尽力了。有时候我做了自己必须做的事，但有时候没有，我没有那么善良，来直面悲惨生活。我难过的是，也许你处在我的位置会比我做得更好。在好多年中，你总说不爱你的母亲，因为她不是一个好人，而且从未爱过你。只有到最后，你才改变了这个想法。在医院的最后那几天，你好几次喊我“妈妈”。外婆的去世高贵而悄然，优雅而无畏，跟她的身份和性格相符。但你的去世却是一出闹剧。没有人告诉过我，在母亲离世之前我得成为她的母亲。而且，妈妈，说实话，你作为女儿也并不让我满意：你完全不是一个好相处的女儿。但是当桑迪重新出现，手机又恢复了顽皮的性格。我们总是在等待会发生什么，而可能发生的事情几乎总是比正在发生的事情更令人激动。我喜欢性爱，因为它将我定格在当下。你的去世也一样。桑迪却不是。桑迪就像手机。我一直等待着永远不曾到来的美好事物会降临。我认识他时，他已经跟妻子分居了，因为她与他的一个朋友坠入了爱河。但是那段感情无疾而终，而桑迪，一个好男人，又回到了她身边，准备好为她疗伤，并重新建立一段感情。虽然这种感情从很久以前开始就已经用舒适、陪伴和儿女替代了性、好奇和爱慕。而我们的关系，在刚刚两个月以后就已经岌岌可危——绝大部分的爱情，要么只持续两个月，要么就持续一生——却又带着不可思议、不可企及的神秘光辉复生了。我们双方都接受了这一点：我是因为在这几个月中没有找到比他更让我喜欢的男人，而他则是因为很快就发现他跟妻子再次回到了当初重归于好的起点——一本书结束前的最后一页。在爱情故事里，谁都没有回头路可走，恋爱永远只是一条单行道。

这时候，我收到了一条来自他的短信。他刚到卡达克斯，非常想见我。而我的理智再次让位于身体，你的去世稍稍离开了几步，我凝固的血液就魔术般地开始重新流动起来。我跟孩子们开着玩笑，凑近了闻闻食物的味道，躺在地上跟干女儿嬉戏，拥抱索菲亚，在佩普耳边窃窃私语告诉他我们有一座大麻山，抚摸猫，像疯了一样狂吃油橄榄，强迫所有人去花园里看月亮、放音乐，并走到艾丽莎身边对她说我们应该出去跳舞。

“他给我发短信了。”我低声对索菲亚说。

“我猜就是这样。你突然就像变了个人。”

“很奇怪。实际上我并没有那么喜欢他。”

“小布兰卡，我觉得你对他的喜欢多于你愿意承认的程度。”

“我不知道，也许吧。”

我们在花园里的桌子上吃晚餐。院子里点上了蜡烛，还有一对中国灯笼在橄榄树枝上摇曳，在男人们做的咸鱼肉那雪白无瑕的鱼皮上投下阴影；还有西红柿黄瓜沙拉，炸丸子和新烤的面包配橄榄。所有的孩子和大人都晒得黑黑的，看上去很快乐。因为一整天在烈日下的海中遨游而变得懒散而疲惫的身体、惺忪的睡眼；关于在一起共度了很多时光而且还继续互相喜欢的人们的趣闻轶事，虽然众所周知且被重复过千遍。有一瞬间，我突然想安静地喝一杯咖啡，而不去回复短信。干女儿妮娜正在她妈妈的怀中熟睡。埃德加试图偷偷地喝啤酒，但是艾丽莎用威胁的目光看着他，于是他放弃了。尼克专注地听着大人们的谈话，而小达尼尔则玩着一堆小火车。乌戈批评我太无趣，卡罗琳娜替我辩解，而佩普则开始讲述乌戈那些可怜的女朋友：每天清晨都被遗弃，因为他不肯牺牲晨跑。我不知道如果没有了这样的夏夜，生活还有多少意义。就在这时，我又收到了桑迪的短信，他提议我们在教堂前见面，说想吻我并跟我道晚安。我像屁股下坐了根弹簧一样跳了起来。

“我得出去一下，马上就回来。”

所有人都惊讶地看着我。

“发生什么事了吗？亲爱的。你还好吗？”卡罗琳娜担忧地问我。

“没事没事，我好得很。就是去买包烟。”我忍不住笑了。

“买包烟，没错……”索菲亚说。

卡罗琳娜隔着桌子看着我，没有微笑。她是我们中间唯一跟同一个男人保持长久关系的，而且，虽然她从未对我说过，我知道她认为跟一个已婚男人在一起，除了浪费时间，从某种意义上来说对她也是一种背叛。

乌戈指了指之前我放在桌上的半盒烟。

“这包烟都干了，真的，没法抽了。”我说。

他笑了。

“你说你经常说谎，我以为你会编得高明一些。”

“我尽力了。”

“别耽搁太久，没有你我们会感到无聊的。”他补充说。

索菲亚陪我走到门口。

“我看出来了，你一点儿不喜欢，对吗？一点儿都不。”

9

我步履轻盈地走下山坡。你总说我走路像父亲，就像有什么东西在把我们往上推，几乎脚不沾地，还没看清我们的脸，就能从独一无二的走路方式认出我们。我还记得，在第一次怀孕的最后时刻，你看到我走路时不再有往日的优雅，非常生气。

“别告诉我你竟然因为怀孕了，就要抛弃你用了一辈子的走路方式！”

此时此刻，你只要看我一眼，就知道我是在奔向某个男人。你从不阻止我。你一向认为，爱情使任何糟糕的行为都变得理直气壮，即使这种行为在任何其他情况下都会遭到谴责。如果一个服务生弄错了你的点单，或者把汤洒到你身上，而在投诉时，你从餐厅总管那里得知这个服务生正在谈恋爱——也只有对你，人们才这么快就把隐私拿出来分享，你就会和蔼地看着他说：“哦，好吧，如果是这样的话……”于是你穿着被汤浸湿的裙子继续平静地吃饭。但是如果有人在你面前肯定地给出一个数据但结果证明是错的，或者开会迟到了，你会对他怒目而视，而且这个人永远都不会再得到你的尊重。我一辈子都在为了得到你的尊重而奋斗，可是我不确定是不是已经得到它。我至今仍然去哪儿都迟到。

突然，我看到那个陌生男人大踏步地朝我走来。他独自一人，走路时身体稍稍有些前倾，这是又高又瘦的男人常用的姿势，仿佛在保护自己对抗着无形的风，仿佛在他们居住的山顶永远都刮着风。我走得匆忙，又不由自主地紧张，无意中跑掉了一只拖鞋。当我捡起鞋子的时候，正好看到他发现了我，而且被逗笑了。这个尴尬场面再次粉碎了我成为他眼中“蛇蝎美人”的梦想。我朝他微笑，当擦肩而过时，他对我耳语道：“再见，灰姑娘。”我想，也许我可以停下来，向他提议去喝点什么（让我们喝得酩酊大醉，狂热而又口齿不清地讲述我们各自的生活，漫不经心地相互触碰着手或膝盖，互相凝望得更久一点，而不止于“恰当”，在镇子的某个角落接吻，奋力做爱，就像年轻的时候一样：相爱、旅行、永远在一起，相拥而眠，再生两个孩子，以及最终的救赎），但我还是继续往前走，没有回头。如果男人们知道女人脑袋里会在瞬间闪过这么多念头，他们甚至都不敢上前来借火。

桑迪坐在教堂的大门对面。看到他，我是那么高兴，以至于几乎没有注意到他比上次见面的时候更瘦了，显得疲惫不堪，而且又开始吸食毒品。他用闪闪发亮的眼睛看着我，带着大大的笑容。

“你晒黑了。”

“我本来就黑，”他回答说，“你怎么样？”

“很好。”

我们沉默了几秒钟，互相笑看着对方，突然变得害羞，不知道该说什么，仿佛两人仅仅面对面站在一起这个事实就已经是世界上最不同寻常的事。

“孩子们呢？”

“很好。在这里他们很开心。”

“他们想念外婆吗？”

“我猜是的。他们爱她，经常跟她嬉闹，但是他们什么也没说。孩子们被教育得很好，老成持重。”

“跟他们的母亲一样。”

“你的孩子们呢？都还好吗？”

“很幸福。你应该看看我大儿子游泳，简直令人不敢相信。但是最近我感觉自己整天都在对他们大喊大叫。”

“是吗？你大儿子几岁了？十岁？”

“九岁。”

“哦。”

“你今天真美。”

“谢谢。你也很帅。给我一支烟吧？”

在递给我打火机的时候，他抚摸了我的手。随着这个动作，我们从学院的院子里走出来，那一层笨拙相爱的少年般薄薄的表皮融化了，我们又重新做回两个疯狂的成年人，在长期的不正当关系中早已变得厚颜无耻。

“我没有多少时间。我借口出来买盒烟，其实只是想见见你，知道你怎么样，很快就得走了。”

“我们连喝一杯的时间都没有吗？”

“没时间了，虽然我很想去。但是他们正在沙滩上组织烤肉，随时都会发现我消失了。”

他装作没有看到我眼中的失望。

“那我们什么时候能再见？”

“我也不知道。这几天找一天吧。”

“你是个浑蛋！”

“我有没有跟你说你今晚特别美？”

我默默地吸着烟。他帮我把裤子提到腰间整理好。接着，他把我像一个木偶般转过去，然后盯着我的屁股。

“我能等到有一天看到你穿一条合身的裤子吗？”

“我很怀疑。”

“打底裤呢？你穿一定很惊艳。”

“没错……”

“可以是皮的。”

我俩都笑了。

“好主意。明天我就去买一条。”

他亲吻我，但双手没有放开我的裤子。

“我不想让你生我的气。你懂吗？我无法忍受你生我的气。我会很难过。”

我又笑了。

“没错。你会非常难过。”

“你可以笑，但这是真的。”

“我没生气。”我说。但是在头脑中，我已经开始计算还有几分钟他将离开，而我又将恢复孤独，失去你的痛又将卷土重来，一切又都开始了。朋友们和孩子们所有的爱都无法抵御你不在了的打击。我需要紧紧地抓住一个男人才不会飘出去。据说大部分女人都是通过男人在寻找她的父亲，而我找的却是你，甚至在你活着的时候就是这样。任何一个不诚实的精神病医生都可能从我身上发一笔横财，但我的医生却坚持让我去找一份工作。

“你在想什么？这一刻你的心思还在这里，下一刻就跑到别的地方去了。遥远的地方。”

“我在想我很累。”

“哪方面累？”

“我不知道。什么都让我疲惫。白天、夏天，真的非常累。我想我需要睡眠。”

“你有没有发现我们从来没在一起过夜？好吧，有过一次，最开始的时候。第二天我还给你做了早餐。”

“我不记得了。但是我很想和你一起睡。纯睡觉，我是说。”

“但是会发生深夜强奸。”

“不同之处在于那不是一种强奸。”

他走了，跟往常一样，我们没有做出任何约定。我在教堂的入口处坐了一会儿，听见镇子里热闹的喧嚣声，那是夏季最沸腾的时刻。我想知道现在是谁在统治“边界”酒吧的舞台，哪些嗑着药的疯子会去克雷乌斯角看日出，而在豪斯特尔，每天夜里打烊前的最后一首歌是否还是《我是该走还是该留》。我们失去的第一顶桂冠，也许还是唯一不可能失而复得的一顶，就是青春。童年可以不算在内，因为孩子们并不知道，几年以后属于我们的精力、能量、美丽、自由和纯洁都会被无情剥夺，而即使是我们这些最幸运的人也都将别无选择地将其挥霍一空。

回到家，所有人都已经上床睡觉了。我蹑手蹑脚地走进索菲亚和小达尼尔的房间，他们睡上下铺。整个夏季别墅有点像一个夏令营营地：当天色渐亮，我们围在巨大的木头桌子旁边吃早餐，感受着每天一大早就跟朋友们欢聚一堂的快乐；穿着睡衣或者泳衣，眼睛里还都是眼屎，有时候带着宿醉，有时候容光焕发，谈论着前一天所做的事；为孩子们冲高乐高；讨论着现在就喝一杯啤酒会不会太早了；排定大家轮流淋浴的顺序，被排到最后的那个人会高声惨叫，因为轮到他的时候热水已经用完了，只能用冷水冲；一长排因为海里的盐而褪色僵硬的毛巾，在太阳下等着晒干；为了充分利用空间并容纳所有可能来的朋友而放着双层床的房间。我钻进了索菲亚的被窝。

“我一点也不困。”我对她耳语道。

“什么？什么？怎么了？达尼尔？”她猛地推了我一下。

“没事，没事，是我，我刚回来。”

“怎么样？”她说，摘下玫瑰色的缎子面罩，微微欠起身。

“还好，一如既往。我们聊了一会儿，他就不得不走了。”

“好吧。”

“可是现在我睡不着。”

“当然，这很正常。因为你们没能做爱。未能如愿以偿的性爱总是令人失眠。但是我哄达尼尔睡觉哄了一个小时，也没有跟任何男人热吻，所以我真的困了。”

达尼尔在床上翻了个身。

“他要是醒了，我会杀了你。”索菲亚小声说。

“你的盛夏精神到哪儿去了？”

“睡着了。”她回答说，又戴上了面罩。

我在她身边躺了一会儿，期待着她能想起我是一个可怜的孤儿，需要有人来安慰，但是几分钟以后，达尼尔不再翻身，而她也开始轻轻地打起了呼噜。

我回到了自己的房间。我想知道那个神秘的陌生人此时此刻在做什么。也许跟我一样。

10

第二天早上，我被狗叫声吵醒了。我蜷缩在床上，以为这叫声是从街上传来的，也许是“国王”，我想，它找我来了。我们家里曾有过五只狗：三只是我们的，一只是帮佣女孩的，但这只也是你捡回来救活并且一直养着的，还有一只你某个客人的狗。我还记得，有一段时间，你出门的时候包里总是装着一条皮带，怕万一碰见某条迷路的狗。你那么喜欢它们，足以跟你的朋友团相提并论。事实上，如果有哪位客人敢抱怨，或者在狗狗们的袭击面前表示不悦，或者更糟：声称对它们感到害怕，立刻就会被指责为做作，彻头彻尾的蠢货，而且永远也不会再受到邀请，除非她打扑克的天赋足以赢得你的特赦。我还记得有一位衣着十分考究的女士，经常来参加牌局，你总是为她准备一条一尘不染的毛巾，叠得整整齐齐，放在椅背上，让她用来盖在腿上以抵御卫生状况可疑的狗狗们的摩挲和舔舐。

这时候我听到了基连那粗嗓门，他带着巴顿到了。不用拉开窗帘，从窗帘透过来的光就宣告了这又是阳光明媚的一天。今天我会去墓地看你。房间里唯一的一把椅子上，颤巍巍地堆着一大团衣服，我从里面抽出一件皱巴巴的真丝衣服穿上。漂亮衣服曾是我唯一的嗜好，可如今也已经无法让我开怀。虽然天气那么热，我唯一想买的就是能盖住我或者能抚摸我的衣服。无论如何，衣服总是性的替代品，或者是为了得到性的一种包装。也许所有的一切都是性的替代品：食物、钱、海洋、权利。我把窗帘拉开一点，夏日的阳光在房间中倾泻而下，年轻而耀眼，与我童年时一样。

基连又带来了一箱他的蔬菜。

“乌尔苏拉，快来！在布兰卡把它们全扔进垃圾桶之前赶快藏起来，我可知道她这个人。”他看到我的时候说。

“你能来真好！”我说着拥抱了他一下。

“没错，这样你就又多了一个可以折磨的人，对吧？”

我很高兴见到他。他是永远不会把我扔进养老院的那个人。以前，为了判断一个人并确定他是不是值得信任，我会想象，如果是在被占领的法国，这个人会不会叛变，而现在，试金石变成了他会不会把我扔进养老院，或者会不会把我打发到女巫的火堆里去。你总是用那种既贬损又褒奖的独特方式对我说，在中世纪我肯定坚持不了五分钟。

孩子们都在楼上，一边吃早饭一边看电视。

“这么一大早，而且外面的天气那么好，你们居然已经看起了电视？”基连叫道。

乌尔苏拉刚刚淋浴完，头发和皮肤都闪闪发光，穿着一件极为合身的热带风情衬衫，微笑着，安静地喝着咖啡。乌尔苏拉的好处在于，对于我们这些不喜欢被人服务的人来说，有她就等于没有。艾丽莎出现在厨房门口，端着杯子和烤面包，后面跟着达米安。自从来到卡达克斯，我还从未跟她单独在一起过，哪怕一分钟。

“你怎么样？亲爱的。”她跟我打招呼。

她穿着一条白色的吊带裙，长发整齐地披散着，指甲涂成了红色，而且在银色的凉鞋上面还搭配了一条脚链，上面缀着极小的铃铛。看来我们还在继续加勒比风格，我忍俊不禁地想。艾丽莎很喜欢衣服，而且每次换男朋友，她都会换一个风格。

“虽然有时候我真正想做的是光着身子出门。”有一次她对我说，带着漂亮而受宠的女人特有的天真：她们懂得美貌本身就是一件衣服，所以永远都不会真的赤身裸体。

达米安穿了一条剪到膝盖长度的灰色牛仔裤，一件旧衬衣，一双海军蓝运动鞋，配同色的短袜，还有他一直戴着的铜和绿松石的美丽手镯。我曾好几次试图偷走这只手镯，但是他说自己也没法摘下来。他告诉我，还在少年时代，没有离开古巴的时候，他就一直戴着，过了一段时间，他试图摘下来——那是曾经的女朋友送的，而那段感情结束了——但是手已经长大了，手镯再也无法摘掉。早在认识艾丽莎好多年前，我就认识达米安，是在一次古巴年轻诗人选集的推介会上，通过一个共同的朋友认识的。他稳重、善良、和蔼、亲热，又喜欢热闹。他喜欢女人、酒和毒品，但是我从未见他炫耀过这三者中的任何一个。我认为他是一个好男人，虽然这种事情永远都无法证明，除非到了你需要他帮助或者需要他选择立场的时刻——这种时刻总会到来的。但是他会直视你的眼睛，在所有人面前都表现一致，而且从未听到他批评任何人。比起说话，他更喜欢笑，而每次开口说话，都是为了讲述某种永远也没人能够理解的复杂的政治社会理论。如果他认为人类到达月球只是蒙太奇的剪辑成果，我一点也不奇怪。他很高，瘦瘦的，但同时又松软而圆润，像丘陵一样懒散的五

2014-8-6 10:50:28

我抚摸着它的头。每次我想把手拿开，它就把嘴靠近我的腿，轻轻地推着我要求更多宠爱。

官，完全不是我喜欢的那种轮廓分明的男人。在他身上找不到任何病态，没有鹰钩鼻，没有沮丧，看不出任何隐藏的暴脾气。对他来说，头顶上的天空不会比天花板更高，而且可能还是卧室的天花板。可是对于艾丽莎，毫无疑问，他在她眼里就像是奥林匹斯山上的诸神之一，一个危险的强盗，一个唐璜[1]。据她说，他跟这个城市里半数的女人都有过罗曼史。当你爱上一个人——虽然她坚持说自己并没有爱上他，只不过是情人而已，当然这种说法是另一个爱上他的证据——你对所爱之人的看法没有一桩是跟事实相符的，尤其是跟他诱人的外表相关的那些看法。如果下次能记住这一点该多好！可是爱情总会让所有的印记都归零，而如果运气好的话，下一个男人还将会是全世界最帅、最性感、最聪明、最有趣、最令人目眩神迷的，即便他驼背或者是半个白痴。

这时候，索菲亚从镇上回来了，一手拖着达尼尔，一手拿着一瓶法国香槟。她戴着一顶可笑的草帽，上面系着黑色的蝴蝶结，像一个倒扣的尖帽子，帽尖还被剪掉了。一副巨大的太阳

1 西班牙传说中的风流贵族，是许多文学作品中的主人公。

镜，一条在脖子那里打结的黑色连衣裙，使瘦削的双肩和锁骨更加醒目。

“看我在镇上找到了什么？”

接着她怔怔地盯着基连，我看到她的眼中飞快地闪过惊讶、好奇、兴趣和幸灾乐祸。

“香槟？嗯？”他嘲讽地看着她，“要是一瓶威士忌就更好了。香槟是为那些傻傻的时髦女人准备的。你说对吗，乌尔苏拉？”

乌尔苏拉笑了。

“我不知道，基连先生，我不喝酒。”

“好吧，好吧，”他回答说，“不过在这个家里，上床睡觉之前得拿支圆珠笔给瓶子里酒的高度做上记号，要不然大家都知道第二天会发生什么。”

“买这瓶香槟是因为我有一桩很大的烦心事。我刚刚得知我的妇科医生死了。”

“是吗？”我说，“我很难过。这太糟糕了。”

她垂头丧气地在桌旁坐下，沉思了一会儿。我不知道原来她跟妇科医生的关系那么好。我开始担心她会不会抢走我的服丧特权。

“你们发现了吗？”她突然抬起头喊道，“这是把手伸进过我阴道的男人中第一个死掉的。”

我松了口气。

“好吧，我们正在老去。”艾丽莎的评论总是富有哲理。

“来吧，波什，把瓶子递给我，我来把它塞到冰箱里去，”基连说，“我们已经看出你有多烦恼。”

“你叫我什么？”索菲亚睁大了眼睛问。

“波什，你知道的，《辣妹组合》里头的那个时髦女孩。”我说。

索菲亚笑了起来。

“真奇怪！可是我一点儿也不时髦……”

“奇怪的是你戴的那个帽子，”基连说，“好了。谁想坐船出海？孩子们，孩子们，你们准备好了吗？我们二十分钟后出发。波什，快去换泳衣。”

在这个世界上没有比坐船出海更让你高兴的事情了。当我有勇气再次翻开上次过生日时（那时距离你去世不过几个月时间）你送我的相册——我多次跟你提到，我并不想拥有任何一幅你收藏的珍贵画像，任何一本书，或任何画作，我只想要那一系列家庭相册，那是你从外祖父那里继承下来的。在别人的帮助下，你费力地把一个巨大的淡紫色行李箱搬回家，里面装满了相册，这是我们曾经幸福过的无可辩驳的证言。我会找一张你在图图鲁号上的照片。你笑着，头发沾满了海盐，被风吹乱了。我会将它放在照片架上，就在爸爸的旁边。我至今还没有这样做，是因为对我来说你还不是一个回忆。我想，时间会负责处理这一切，因为它虽然如此无情却又如此仁慈。

基连戴着从车库里找到的一顶旧水手帽，指挥着我们这支小小的部队沿着石铺的街道，在教堂凛然无畏的注视下往码头进发。教堂在太阳下闪闪发光，一排排民居像顺从的士兵，在教堂周围组成了密实而和谐的大军，只有九重葛明亮的紫红色和一些树木消沉的绿色偶尔打破这种和谐。镇子背后耸立着几座古老的山，山上曾种满了橄榄树，在几个世纪中，这些山把镇子同这个地区的其他部分隔绝开来，使它成为一个真正意义上的岛屿。大海，不管是温和还是暴怒，悲伤还是愉悦，喧哗还是羞涩，星星点点地散落着船只，空洞而疲惫，都像是在向某一个不论是时间还是蜂拥的游客都无法使之失色的地方致敬。

孩子们穿着橙色的救生背心，跟漂在大海上的小船一样的颜色。大家待在基连和巴顿身边，安静地在码头上等着船夫把我们带上自己的船。乌戈和佩普低声交谈，卡罗琳娜试图阻止小妮娜跳进水里，我们其他几个女人则去买啤酒。

基连跟船夫立刻成了好朋友，船夫给了他电话号码，以便我们想要返回的时候给他打电话。

“波什，等我们回到镇子的时候，记得提醒我给他买瓶朗姆酒。”

大海风平浪静，闪闪发光，仿佛昨夜所有的星星都掉进了大海。我把手伸进水里，随着船的前进拖行。我感觉到指间的水流，三个冒着白沫的水柱留下一丝印记又立刻消失。海水深处有灰色的小鱼在游动，像幽灵一样。沙滩、各式各样的人、笑声、叫喊声、哗哗的水声都飞快地远去。基连帮助我们挨个上了船，为我们指定座位。接着，在埃德加的帮助下，他取出船桨和桨叶，坐在船中间，扶正水手帽，开始模仿你。

“好了，孩子们，谁也不要乱动，小船是很危险的。埃德加，埃德加，放好桨叶。小心！小心！会掉进海里的！锚呢？哦，在水里！我看看，看看是不是被石头绊住了。要是真绊住了，你们得有人准备好跳下去。没有，还不赖。钥匙呢！钥匙在哪儿？谁负责带钥匙了？我的包！我的包！在哪儿呢？眼镜！眼镜！谁也不要动！”

他模仿得惟妙惟肖，所有人都笑了。

接着，他吮着食指指肚，又举起它，皱起眉头，望着地平线，又变成了你的老朋友巴戈。

“我想想，今天风很大。没错，没错。情况很复杂，甚至可能性命攸关。我们最好老老实实待在离港口不远的地方，稍微游一会儿，就赶快回家。”

“可是大海平静得像一面镜子，一丝风都没有。”尼克抗议说。

“看，孩子，我是航海的老江湖了，知道自己在说什么。你们要是不想理会我的忠告，我现在就下船，而你们会完蛋的。当你们被浪拖到马约而卡，才会想起我的话。在我年轻的时候……”

船在海面上轻柔地滑行，发动机那像干咳的老烟鬼一样的爆破声妨碍了谈话，一时间大家的目光都迷失在远方，什么都无须多说。美最大的优点就是经常让人沉默，让人躲避，我感觉到尼克肉乎乎而温暖的小手握在我的手中。孩子们在基连的指点下轮流掌舵。埃德加骑坐在船头，就像我从小做的那样。索菲亚闭着眼睛喝着啤酒。巴顿趴在我的脚下，打着瞌睡。佩普，出于职业习惯，不得不努力睁大双眼，当其他人都闭目养神的时候，还在给我们拍照。妮娜在马达的轰鸣声中睡着了，卡罗琳娜将她抱在膝头，而乌戈正在晒太阳。我们在一个小小的海湾靠岸了，那里只有另外两艘船，船上的人礼貌地跟我们打招呼。水是如此清澈，仿佛用脚就能触摸到乱石嶙峋的海底，但实际上它有二十多米深。当发动机轰隆隆的催眠曲终于停止，所有人都一下子从白日梦中醒来，仿佛被催眠术士打了响指。游泳专家巴顿（这个品种的狗都如此），开始激动不安地吠叫，上蹿下跳。埃德加第一个潜入水中，母狗紧随其后跳进了水里，差点跳到他脑袋上。孩子们准备从小舷梯下去，而基连在乌戈的帮助下，确认船已经停好。

“我刚发现一件事情，”索菲亚突然喊道，“我忘带泳衣了。”她用小女孩般淘气的表情看着我们。男人们继续着手头的活计，假装没听见。乌戈在太阳镜后面扬起一条眉毛，难以察觉地笑了，但还是继续躺在那里一动不动。基连斜眼瞧了瞧她，继续使劲拉锚绳，也许动作跟一分钟前比稍显干涩。佩普，双眼没有离开取景器，却羞怯地把镜头转向了大海。而早晨从床上一起来就穿着泳裤的尼克在我耳边小声说道：“索菲亚是个笨蛋。怎么能连泳衣都忘了呢？”

“你光换衣服就花了半个小时，我们在车里等你热得像罐头里的沙丁鱼，现在你却说忘了穿泳衣？”我啼笑皆非地看着她。

“没错，正是如此。我太糊涂了！”

“没错……”

“那就裸泳吧，”卡罗琳娜说，“不管怎么说这是最舒服的。”

而索菲亚就像在冬天到达某个公共场所时脱掉她的皮风衣

一样优雅而自然地——当她喝多了，对我说了一千次有多爱我以后倒头睡在沙发上或者草地上的时候也是一样——让那件已经褪色的玫瑰色和灰色相间的条纹长裙从肩头滑落，轻盈地跃入水中。她的身体像一道焦糖色的闪电，以一个专业游泳运动员的优雅和精确进入水中，悄无声息而没有水花四溅。

“把手伸进去过的应该只有那个可怜的妇科医生和其他几个倒霉蛋，至于说看到过的，现在我们所有人都看到了。”卡罗琳娜叹息道。

我站在梯子上，慢慢地走进海里，冰凉的海水令我颤抖，令我毛发竖立，也令我怒火中烧，全身的肌肉都紧张起来。最后我终于投降了：松开扶手，任凭针扎似的冰凉将我包围，闭上眼睛，把脑袋浸入大海，水母般的头发漂浮在海面上，身体终于轻飘飘的了。它接纳了我，祝福了我，溶解了我。我想，或许大海会成为我最后一个情人。

11

我第一个洗澡，打算去厨房喝一杯冰镇的白葡萄酒，然后在露台的吊床上赖到吃午饭。这时候艾丽莎皱着眉头走过来。

“我刚发现食物不够了。”她说。

“是吗？太遗憾了，”我回答说，“可是，家里有饼干不是吗？”

“你真逗。”

“我没开玩笑，”我预感到半个小时的休息时间和白酒都危险了，吊床也要被人抢走了，“外面太阳那么好，我又这么累。你可别指望我去买。”我说着闭上眼睛，更加用力地晃悠起来。

“正有此意。”她沉默了一会儿，等着我睁开眼睛。我这个懒人就是不睁开，而她这个固执的人就是寸步不离。“小布兰卡，我整个早晨都在打扫房间和做饭，你赶紧起来去肉店买点灌肠。”最后她终于严肃地看着我说，并让吊床停止了晃动。

我无力地抗议着，并威胁她说我有可能半路晕倒，脑袋撞到某块石头后失血而亡，一切都是她的责任，但是她毫不服软。

“好吧……我去。但是我真无法理解你们这种吃午餐和晚餐的资产阶级怪癖。你们是一群任性鬼。”

大海像一块巨大的磁铁，使全镇的大街小巷空无一人，绝大部分居民都被吸到海边去了。只有几个孤魂野鬼似的人在昏昏欲睡的街上闲逛，寻找着被烈日炙烤的房子的阴影。人总要上了一定的年纪才能开始感觉到出生或者成长的城市对自己的影响，才能不再因为太过了如指掌而失去探究的愿望，才能不在每天早上都想着要逃离去冒险。我喜欢巴塞罗那，因为我的生命就是在那里流逝的——在那里的医院，我生下了埃德加，在那里的酒吧，我跟他的父亲偷偷接吻，在那里，我每周三都跟外祖父一起喝下午茶，在那里，你离开了我——但是我想我会爱上卡达克斯，即便只是因为去别的地方顺路来度过某个下午，即便是来自世界的另一边，而且没有任何东西，不管是文化、语言，还是回忆，能将我跟这个陡峭而狂野的世界尽头联系到一起。这里有着玫瑰色丝绸般的黄昏，每到冬天，黑色的风把大海都染成了黛青色，在这样的风里，所有的东西都将你推向天空和云层。我走进肉店，一股空调的凉风扑面而来，令人通体舒畅。我从来没有注意过，原来肉店跟医院是如此相似，想到这一点，我不禁打了个冷战。店里铺着白色瓷砖的墙面和地面，空空如也的一排椅子，是在高峰时段供女士们坐着排队等候的。切肉刀子仿佛外科手术室的器械，磨得光滑锃亮随时准备把肉大卸八块，天花板上的荧光灯管发出冷冷的光，并没有让屋里亮堂多少。我希望不要碰见哪个昔日恋人，那样我会惊慌失措，并再次陷入深深的沮丧。这时候，我看到一个背对着我的女子站在冷冻柜台前，柜台内装着一串串的香肠、堆积如山的肉和一堆堆看上去鲜嫩多汁的下水。那是桑迪的妻子。我并不认识她，但是在桑迪家里看到过她跟孩子们的照片，而且毫无疑问她也知道我长什么样。我感到又激动又恐慌，还有一点厌恶，虽然我明白唯一有权感到厌恶的人是她。她比我年轻，身体结实而充满弹性，脖子短粗，上身宽而丰满，腿很细，古铜色的圆脸，栗色的眼睛大得有些空洞。长发束成马尾，身穿绿松石色的垂坠长裙，戴着一条配套的项链。虽然个子不高，而且外表如此平庸，说话却带着一种某些富人特有的居高临下的和蔼与宽容。她嗓门很高，从不直视店员。我感到极其不舒服，而且感觉自己越来越微不足道，仿佛她颐指气使的嗓音和强压的不耐烦都是冲着我来的。突然，她转过身来。低垂的目光从我身上划过，却没有看到我。她没有因为惊讶、愤怒或者好奇而停下脚步，甚至都没有碰到任何生物时那种目光的轻微颤动，而是径直完全无视我的存在。她拿起购物袋，用一句几乎听不见的“再见”告辞离去。我半信半疑地松了口气——我，平时不管去什么地方都恨不得一进去就把周围的一切人和事吸引过来——立刻开始想象各种可能。我庆幸那些事情并没有真的发生，在以灌肠和香肠为背景的舞台上，既没有感到屈辱、愤怒而高傲的妻子，也没有残忍、忧伤或理直气壮的情人。我想到桑迪，有点为他难过。他选择了睡在这个既迷人又霸道的女人身边，直到生命的尽头。

我买了香肠出门，又拐进酒吧去买烟，顺便喝一杯甘蔗酒。我看到那个神秘的男子坐在尽头处的一张桌子旁边，挨着柜台，镇上的老人们经常在昏暗中坐在那里打牌。有那么一瞬间，我有些孩子气地想，是你把他放在那里的，就像是某种信号。你很担心我这么长时间都没有真正爱上一个人，对你来说如此重要的事情在我这里却变成了游戏，而你又拿我跟那些你认为既没有我的高度也没有我的能力的竞争对手相提并论——在这一点上，你是一个典型的母亲。你总是对我说：“丫头，在你这个年纪，正常人都在恋爱。真搞不懂你在干什么。”事实上，在很长一段时间里，唯一让我担忧的就是你和我之间的爱情。

我坐到他旁边的桌子。他报以灿烂的微笑，好像老相识一般。

“今天你鞋子掉了吗？”他问我，把身体凑过来，看着我的脚。

我们两人都笑了。他的目光深邃、冷峻、敏感而有些忧伤，只是偶尔会因为羞涩而挪开视线。嘴巴很大，嘴唇很适合接吻，很男性化，但又柔软得可以让你去轻咬，而笑起来的时候，又微微有些扭曲，使他那颗希腊英雄般的脑袋稍稍变得难看而孩子气。他还有着浓密的眉毛，颜色比暗金色的头发更深一些，头发很短但很茂密，到了冬季，颜色应该会更深一些，像一朵小小的乌云盖住了微微凸起的前额。下巴隆起，长着至少四天没刮的胡子，但对于他来说，应该只需要两天就长出来了。一双杏仁形状的眼睛是深灰色的，暴风雨的那种灰色，很大，眼距很宽，仿佛要侵入太阳穴，而且不错过周围发生的任何事情。他的嗓音低沉却毫无感情，并不与外表产生违和感。

“暂时还没有，”我说，“有时候，当一个人走得很快，拖鞋有可能会飞出去，因为脚没有牢牢地穿在里面，知道吗？”我一边对他做了个鬼脸，一边摇晃着脚，让他看鞋子如何晃动，以及我的脚踝何等精致而纤细。

“好吧。我一般都穿草鞋。当然了，我是说夏天。我对时尚不感兴趣。”

“不不，其实我也不感兴趣。”我发现自己已经开始说谎了。也许很快我就会对他说自己热爱足球，只读诗歌之类的话。

“你不去沙滩？”

“我们刚刚回来。我的皮肤太敏感，不能在这个时刻晒太阳，好吧，事实上任何时候都不应该晒太阳。我的医生说，这种皮肤在咱们国家算是一种畸变。”

“没错，你有好多雀斑。像一张雀斑地图。”

“我小的时候很讨厌这个，在学校里没人像我一样有那么多雀斑，我是异类。不过后来就习惯了。”我心里想，当像你一样的男人们开始对我说他们喜欢它们的时候。

“我很喜欢。”

我用微笑表示感激。我很幸运，从未轻视但也从未轻信男人们的爱，并且清楚地知道自己的生活在多大程度上依赖于这种爱。

“你有没有数过？”

“没有……”

“我猜到了。每次数着数着就忘了，对吗？”

我们俩都笑了。

“我在数字方面非常擅长。”接着他移开目光，皱起眉头，仿佛突然需要集中所有的注意力去想一件重要而复杂的事情。

“这我毫不怀疑。我能问你一个问题吗？”

“当然。”

“你为什么去参加我母亲的葬礼？是你吧？”

“是的，是我。”

“你认识她吗？”

“我不认识，我父亲认识她。”

“别告诉我咱俩是兄妹！”

他又笑了。

“不，不。”

“啊，幸好不是。”

“我父亲年轻的时候在巴塞罗那经营一家很小的音乐工作室，开了很多年，就是那种没什么前途的小酒吧，更准确地说，是一个小小的洞穴。你母亲是那里的常客。每天从某个时间开始，我父亲就会抱起吉他开始唱歌。你母亲非常喜欢听。她总是点同一首歌。”

他说话的语气就像在给我讲一个故事：很久很久以前，有一次……

仿佛有一个装满了璀璨珍珠的匣子，而出于某些原因，他决定全部都送给我。我伸出冰凉的手，把椅子拉近他。

“是什么歌？”

“不记得了，不过我想是一首阿根廷歌曲，”他接着说，“对于我父亲来说，毫无疑问，那个女人令他印象深刻，稳重而优雅，腼腆而谦和，来自于这座城市的上层，却为他的歌声而感动。”

“我从没听说过这件事。”

“那时候你应该还没出生。有一天，在演出结束以后，我父亲跟你母亲提起当时经济上有点困难。他们不是朋友，但偶尔也会聊聊天，这是酒吧里常见的场景。你母亲告诉他第二天去她的办公室找她。他去了，她问他需要多少钱，并打开抽屉把钱取出来递给了他。既没有问什么时候还，也没有问用来做什么，更没有要求任何抵押，虽然他们只是萍水相逢——直接打开抽屉，取出钱交给他。我父亲后来都如数偿还了，但是他永远都没有忘记她的慷慨。”

“后来呢？他们又见面了吗？你父亲现在在哪儿？”

“后来什么也没发生。那些钱应该是用来还债的，我猜，我父亲特别不善于做生意。酒吧最后关门了，他回到了阿根廷，几年前去世了。我出生在这里，母亲是加泰罗尼亚人。当我得知你母亲去世了，而且会葬在卡达克斯时，我决定去吊唁她，代表父亲向她表示感谢。”

“那你为什么不上来跟我打招呼？”

“我觉得那有些不合时宜。当时你身边围满了人。”

“你让我那一天变得好过多了。”

他笑了，再次望向远方。

“你真的这么想？”

“也许不是吧。我想那是无可救药的一天。跟你一起的那个女孩呢？”

“一个朋友。朋友就是起这种作用的，不是吗？一起喝醉，陪你参加葬礼，诸如此类的事情。”

突然，电话响了，是奥斯卡，他刚到。大家正在等着我开饭。

“我得走了。我的第二任前夫到了。”

他好像被吓了一跳，怔怔地看着我。

“你有多少个前夫？”

我笑了。

“不，不，只有两个。这对于我这个年纪又不安分的人来说很正常。”

“我看出来了。再见。”

我一边小跑着离开了酒吧，一边回味着心里满满的玫瑰色珍珠，柔和而温润。

12

那张有着天青石色铸铁桌脚的大红木餐桌占据了整个餐厅，是我叔叔在四十多年前设计的。餐厅有一个小小的木窗通向小厨房，那时候还没有孩子，而且经常在外面吃饭，所以可以直接从窗口递送盘子而无须起身。窗户和门的精妙布局使空气流通十分顺畅，而且屋里的一切都被澄澈的光线笼罩，没有任何阴影。奥斯卡和基连相处融洽，以礼相待，对待对方的孩子也满怀着非常近似于父爱的感情。我不太明白我们是怎么走到这一步的：每个人都如此激情而狂躁，都无法接受我们这一代人特有的随意滥交和过度容忍。奥斯卡取笑埃德加刚刚长出的小胡子，而基连则在尼克的脖子上系上餐巾以免弄脏衣服。索菲亚跟基连调情，基连却偏要跟她抬杠，嘲笑她说的每一件事——这也是一种古老的勾引方法。艾丽莎和达米安沉浸在如胶似漆的热恋状态中，正小声地说着一些悄悄话。她为他卷烟。那双手飞快而专注地移动着，动作精确而柔媚，闪耀着母性的光辉，像做针线活一样，头歪向一边，倾泻而下的头发像一个柔软的帷幔挡住了脸。卷好以后，她就小心翼翼地放在盘子前面，仿佛是某种贡品。我突然觉得好像是无意间看到了主动献身的一幕，带着某种色情和放荡的意味，只会出现在床上的那种最私密的场景。比裸泳更加私密，甚至是一种服务和牺牲。而你对我的教育是如此苛刻，不允许我对男人做出任何类型的奉献（玩笑除外），以至于我根本无须成为女权主义者。

基连买了两公斤扇贝，我们风卷残云般消灭了，像喝白水一样喝着冰白酒，好像身体里还残留着大海的焦灼。艾丽莎不赞同我们这种狼吞虎咽而自私的吃饭方式，但什么也没说——不止一次，她在厨房做饭的时候，不是肉没了，就是沙拉或者面条没了——在露天的海里度过的时间更让我们胃口大开。我很感激孩子们从城市里的小王子变成了皮肤黝黑粗糙的小野蛮人。时不时地，如果尼克望向别处，我就在他肉嘟嘟、红扑扑、星星点点长着雀斑的脸蛋上舔一口，他会假装生气，然后一边笑得前仰后合，一边在我脸上舔回来。在最好的时光里，我们是一群狮子。索菲亚无数次向奥斯卡解释，她是一家重要的贸易公司的经理。

“你觉得这个疯女人真的有这样一份工作吗？”他在我耳边小声说，“这不应该是她为了引起别人的兴趣而编造的谎言吗？”

他那斗牛一样壮观的脑袋，大而对称的嘴，方方的下巴，光秃秃锃亮的额头，笑起来很童真，也跟很多男人一样粗暴。他笑起来像我们的儿子，也像基连——基连那粗糙、坚定、微微颤抖的手，跟奥斯卡的手也并没有太大区别。而他那双柔和的深色眼睛里，融合了桑迪的更多怯懦和疯狂，以及刚才那个神秘陌生人的更多明亮和悲伤，就像一个神奇的万花筒，能够同时集合所有过去、现在和未来的碎片。

不用交流，我们都心知肚明今晚会同床共枕。每次见面，哪怕只是为了出去吃饭或去趟药店，我们就又变回了一对儿，仿佛我们两个人在一起不能产生任何其他的组合，仿佛我们是某种精确而完美的公式，虽然彼此都没有弄明白，而且也许永远也无法弄明白，到底是什么公式。

“我们为什么不再恋爱一次呢？”

阳光从褪色的玫红色窗帘中透进来，使房间里的一切都沐浴在金色、柔和而泛着红晕的光线中。我感觉到从无数拥吻和舔舐中醒来时那种纯粹而不负责任的快乐。

奥斯卡一睁开眼睛笑了。我记得刚开始和他在一起的时候，有一次他很早就去上班，过了一会儿就给我发短信：“我喜欢一睁开眼睛就看到你在我身边。”我们一头扎进了爱情的旋涡，对于凡人来说，爱是所向披靡的神，让人相信在某段时间内他们并不孤单。而我，曾经以为跟基连的结束就意味着自己将永远被放逐于爱的疆域之外，可是不久以后就再次奋不顾身地投入其中，带着跟第一次同样的信心、快乐、盲目和感激。爱情最令人惊讶的特征之一就是奇迹般的再生能力。我并没有重新踏足这个岛屿，我们所有人都忽略了岛上的秘密小径，直到有一天，睁开眼睛，就像变魔术一样，我们又回到了这里。

“你过来。”

“不，我真的不要。”

早晨的性爱会消耗掉我头一天晚上通过睡眠积聚的全部能量，会让我变成一个病恹恹、弱不禁风的千金小姐，一整天都仿佛被抽掉了骨头一般。而今天我还要去墓地看你。

“过来，过来，你看。”他掀起床单，带着大大的微笑，给我看他苏醒的身体。

但是我不想再投入这片海洋，我需要着陆——粗糙而扭曲的橄榄树、炙热的石头、高空苍白的云朵。

“奥斯卡，真的，我想做你的女朋友。”我坚持说，语调跟小时候试图说服保姆给我买个冰淇淋或者让我看一部大人的电影时没有多大区别，像猫一样半是恳求半是命令。

“小布兰卡，我当然很愿意，你知道的，但是没两天你就又会把我扫地出门。”

“不，不，”我使劲摇头，试图用稻草般的头发抹去彼此所有的疑虑，“没有谁能让我像跟你一样做爱。”我还是不明白，为什么身体越来越无可辩驳地确定我是为他而生的，而生活却总用同样的激烈予以否认和阻碍。

“这还不够，”他带着狼一样的微笑看着我，“这很好，但是并不够。你懂的。”突然，他看上去很疲惫，就像一个很多年一直扮演同一个角色的演员，面对着一个年轻得多、稚嫩得多的主角。

“可这已经很了不起了，”我说，回忆起前一晚那种难以言表的高潮，打了一个几乎无法察觉的冷战，“经过这么多年我们还深深地互相吸引，这本身就说明很多问题。”

“是的，这一点令人难以置信。”他微笑着，让步了。当然，跟全世界一样，让步于赞美，也让步于倾泻在房间里的金色光芒，这光芒也照着我光滑而圆润的肩头，照着他自己仍像少年一样生机勃勃而棱角分明的身体——他永远无法拒绝身体提出的任何欲求，只要不危害健康。“我每次见到你就会想着，做爱，做爱，做爱。”

“而且我们相爱。”

“是的，我们深深地相爱，”他沉默了一会儿，“但是我们无法忍受对方，你无法忍受我，而我也会对你勃然大怒，还没有谁像你一样令我如此狂怒过。”

我笑了，虽然从好多年前开始我就不再把激怒伴侣认为是一种特别有成就感的事——那是激情的最低一级台阶。

“你还记得那次我们骑着摩托车，你大发雷霆，我忘了是为什么，你让我下车，并把我扔在那里，扔在半路上？”

“那你呢？你用头盔打我的头，差点酿成车祸。”

“我们结婚吧。”我的语气还是一贯地轻巧而平淡，这是我在谈论任何重要和严重的事情时惯用的语气。我只有在说蠢话的时候才能用严肃的口吻，滔滔不绝几个小时，而那些重要的事情：爱情、死亡、钱，我都用一句话、一个微微的扬眉，或者一阵紧张的哈哈大笑打发掉，也许是出于羞涩，我想，也许是出于生性怠惰和性格的软弱。奥斯卡很了解这一点，而且他也足够聪明，不会认真回答这样一个出于各种原因（爱，酣意或恐惧）我们多年来一直在反复提及的建议。

他笑了。

“你疯了。我们住哪儿？你家可容不下我。”

“啊。”我想起了那木质的阁楼和明媚的光线，我跟孩子们生活在那里，就像一个小小的舒适的洞穴挂在树上，闻起来有红醋栗、玫瑰和玛利饼干的气味，而一个男人身上木头、辣椒和苔藓般的味道会扰乱这种气息。“我不能放弃我的小窝，我喜欢它。”

我们沉默了一会儿。

“看到了吧？你没有能力为任何人做出任何牺牲。”

“不是这样的。”我无力地辩驳。

“你无法放弃现在过的这种无序而幼稚的生活，无法放弃那种永远标新立异、永远逆反的愿望。”

“不是这样的，是你过于固执而苛刻。我看到昨天当孩子们吃第三块巧克力时你的脸色。”

“那是件彻头彻尾的蠢事。三块巧克力不能当作一顿晚餐。再说，我也找不到什么理由非得天天出去吃晚饭，那是纯粹的浪费。”

我想起了我们之间那些无尽的争吵，关于是不是有必要为尼克再买一双运动鞋，关于我的挥霍无度——而且都是我自己的钱，从来不用他的——关于孩子们在吃完所有的食物之前能不能离开餐桌，一天看电视能不能超过一小时，能不能在父母的床上睡觉，是不是已经拥有太多玩具了。帮我们料理家务的保姆虽然不偷窃，但是太懒惰，他总是要拖几天才给她付工钱，为了让她意识到我们对她的工作并不十分满意。餐厅很迷人，但是在家里可以吃到一样的东西。有一天，巴塞罗那下雪，我们不得不步行到城市的另一端去解救孩子们，因为保姆无法把他们带回家，地铁停运了，又打不到车。这对我来说简直是一场神奇的探险——神话中的女英雄，穿着湿透的靴子，一路与各种困难斗争，去拯救她的孩子们。在一片拥挤而喧哗的混乱中，汽车的车灯好像圣

2014-8-10 9:58 11:30:19

我想，或许大海会成为我最后一个情人。

诞节的霓虹，照亮了凝结在我睫毛和嘴唇上的细小冰凌，而他却表现得像一个令人无法忍受的讨厌鬼。奥斯卡生活中理智、现实而固执的条条框框对我来说就像监狱的铁栅栏。而我无休止的任性对他来说就是琐碎、滥施信任和随波逐流的代名词。

“好吧，那至少我们可以当情人。”

“不。我要全部，或者不要。”

“我们谈过这个。”

“我们谈过千百次，小布兰卡。你不愿意维持一段关系，”他疲惫地低声说，“或者说不愿意跟我维持关系。”他的语调毫无感情。我们总是刻意用这种语气谈论这样的事，在伤害别人的同时，也以同样锋利的刀刃和残忍的表情伤害自己。“而且，无论如何，我得走了，我在巴塞罗那有很多工作。”

我知道这不是真的，因为今天是星期五，因为现在是夏天，而且因为，最近每个周末他都跟他的女朋友一起度过。

“你要去跟那个婊子在一起，是吗？”我不想让自己悲伤。无论如何，悲伤是一种细微平缓却深沉长久的感情，我宁可被激怒。

“她不是婊子。她人很好。”他说。

我嘟囔着从床上跳起来。

“人很好，这真是一个有趣的美德。”我嚷嚷说，接着便用力关上了门，装作听不见他戏谑的恳求。

整个上午，奥斯卡都在愉快地发短信、收短信。吃过饭，他就走了。

“我永远都在，”告别时他对我说，“你永远不会失去我。”

“真的吗？”我问。

“当然。没有人像我那样爱你。”他的表情凝重而确定。

“老兄，也许有人会呢，不是吗？”

接着，他好像没听到我的话似的，补充说：“无论如何，生活总是峰回路转，谁也不知道会怎样。”

“没错。”

但也许我们的生活已经百转千回再无别的可能，轮盘赌的轮子已经最后一次停住，而且再次停在了一个迷失的数字上。我们已经被彻底击垮。我多想能够重建世界，或者至少重建一个世界的雏形，用我所拥有的碎片，重新拼合所有的裂缝，让某件东西恢复如初，再也不需要到外面去冒险。可是，我想我已经缺失了太多的碎片。

他想吻我的双唇，我却把头转向一边。

当我关上门，基连对自己又成为这里唯一一个成年男子而高兴（达米安不算，因为他只是纯粹的访客，跟我没有任何情感纠葛），他喊道："还好他走了，这家伙太死板了，我真搞不懂你看上他什么了。"

我试图微笑。

"没错，你说得有道理，那天他还不肯让孩子们吃三块巧克力作为晚餐。"

我给了孩子们惊人的一大笔钱去教堂旁边的阿根廷人那里买奶油甜饼。我对自己说，没有什么事情大不了，事实上，生活总是峰回路转。但是我感觉自己好像吞了一块玻璃一样难受。

13

又在海里泡了一整天，孩子们都累得筋疲力尽，早早地上床睡觉了。露台几乎已经一片漆黑，镇上传来夏日夜晚那欢快而热烈的喧嚣。巍峨的教堂灯火通明，像一个打扮光鲜的剧院，誓要夺回白日里被大海占据的绝对主角地位，并将拥挤在它周围的房子都置于其粉饰的羽翼之下。而此刻的海是温顺的，像一个黑暗而沉默的水潭，安静地反射着月亮清冷的白光和镇上路灯的晕黄。达米安和我，就像两个生病的孩子贪婪地享用母亲准备的甜饮料一样，抽着艾丽莎为我们卷的大烟。我看到他们俩在露台的另一侧窃窃私语，她往前蜷缩着身体，跟他说话却没有看着他，而他一边听着，一边微笑地望向地平线。基连和索菲亚在喝酒——我从未见过基连抽大麻，奥斯卡也没有——他试图说服她帮忙去后花园除草。达米安的几个朋友也来了，我在一些晚宴和社会活动上也见过。在酒精和大麻的作用下，在对奥斯卡和桑迪的失望和诅咒中（我跟桑迪约了明天见面），我用仅存的一点残忍的清醒观察着他们：男人们都彬彬有礼，稍显正式，文化和拿捏得恰到好处的幽默感是他们应对这个世界的保护层，同时也用于掩饰令人不快或不优雅的外表——虽然相貌平平，却不妨碍他们尖锐而无情地对女性的美评头论足。某种深情而宽容的绅士风度，以及利落得体的着装弥补了良好教育的欠缺，仿佛他们的母亲还在帮他们挑选并熨烫衣服。这两位男士都是作家，他们的武器就是聪明、幽默感以及善于探测别人痛苦的锐利而准确的眼光；女士们则漂亮精致、聪明、谨慎、持重。她们话很少，嗓音甜美，带着可疑的亲切，同时偷偷地四处张望。他们带来了一把吉他。小胡安，最矮的那个，也是最有趣最忧郁的那个，开始自弹自唱，女孩们都跟着他一起唱。一首接一首的南美情歌，迷人而狂热。我想，也许其中有一首是你当年去那位先生的小酒吧里最爱听的歌。当听到第一首自己会唱的朗切拉[1]的前奏响起，索菲亚就大声地唱了起来，跟基连一起跳起了舞。达米安的另一个朋友佩德罗走到我身边，表现得跟往常一样殷勤而亲热。他跟我聊起了前一阵在纽约度过的那段时间，聊到他跟不同的女人生的孩子，分散在世界各地，一个在这里，一个在阿姆斯特丹，提到在他们身上花的钱。我们一起吃过几次饭，每次他都大张旗鼓地

1一种西班牙式乡村音乐。

抢着买单——也许有点过于夸张了。

“你怎么样？”他问我。

“糟透了。很累。想我母亲。”我想也许应该说谎，应该告诉他一切都在掌控之内。事实是一扇我越来越少打开的门，而谎言铸就了密不透风的高墙，礼貌和稍纵即逝的微笑像一层帷幔保护着我，可是今天我没有力气，也没有心情竖起这道墙。“有时候我感觉自己失去了一切。”我补充说，等待着他以人们谈论起死亡时惯常的沉默回答我。我又吸了一口大麻。我看到达米安在露台的另一端，仿佛我的镜中影：他也慢慢地抽着大麻，眼睛红红的，闪着光芒，与我的目光长久交错，仿佛我们正试图透过一面被烟雾模糊的镜子认出对方。我对他微笑。他应该是一个很好的玩伴，狂热而勇敢，我想艾丽莎除了当他的母亲，跟他上床以外，还得保护他不受他自己的伤害。

“可是，你看，布兰卡，你很清楚不是这样的。”佩德罗打断了我的思路，打断了意外将我和达米安联系在一起的那种醉醺醺懒洋洋的交流。“你不像是一个放任自流的人。”他有点突兀地说，睁大了那双像猴子一样机灵的眼睛，好像突然发现自己谈话的对象一直被高估了。

“我是想说，我最爱的人几乎都去世了，我失去了很多童年和青春时期的地方。”我解释说。

“可是这些人和这些地方，当他们还属于你的时候，你都用心观察过，不是吗？”他的语气还是有点微微恼火，就像一个老师面对意外让他失望的学生。我发现我们俩都醉得厉害。

“是的，当然。我可以描述母亲家里任何一个角落。我了解并记得她的桃花心木书架随着一天中时间的推移和日落所变换的所有色调，从桃花色，到暗红色，到黑色。我知道父亲手中刚出炉面包的确切温度，我现在就能给你画出一直搁在厨房的那个小杯子，永远装着半杯红葡萄酒。你想让我画给你看吗？现在就能画。你去找纸和笔，我画给你看。”

“亲爱的，”他继续说，并没有离开我的左右，“并不只是爱，还有观察，让我们成为一些事物的主人，那些我们曾路过的城市，曾经历过的事，那些人，那所有的一切。所有那些你经过时并非无动于衷的事物，你专注过的，都是你的。任何时候你都可以随时将它们召唤出来。”他那瘦削的脸像阿道克船长的管家，皱成奇丑的一团。我有一种用指尖将它轻轻抚平的冲动，但只是把大麻香烟递给了他。

“不，老兄，不，”我发现自己从来没有称呼过他“老兄”，“我认为有些东西就是永远失去了。事实上，我觉得更多的是已经失去的那些东西，而不是现在所拥有的，使我们成为今天的自己。”我抬起目光望向你的房间，一片漆黑，而自从到达这里，巴顿就一直守在你门口。终于，今天我还是没有去墓地看你。

渐渐地，在我们这些醉意越来越浓的人之间，仿佛慢慢织就了一张薄薄的蛛网，无意间把那些清醒的人排除在外。我在雾气中冲着达米安微笑，他显得那么遥远。我眯起眼睛好看得更清楚些。艾丽莎几乎从不喝酒，也只抽纯香烟，除了对男朋友们，她对所有人都一向严厉。她质询而愤怒的眼神扫过我，很像某种油腻而令人不快的东西，而我却继续跟她男朋友那双越来越迷离的眼睛保持着无声而荒诞的交流。我对他做了个手势，让他到我们这边来，我很害怕他会完全融化在这雾气中，永远消失。他坐到我身边，跟佩德罗交谈。有一瞬间，我感觉好像一切都很完美，什么都未曾失去，佩德罗是对的。音乐，朋友们的嗓音和海的声音混杂在一起，就像一个熟悉而给人安全感的保姆。我把头靠在达米安肩膀上，闭上了眼睛。

醒来的时候，我感觉天旋地转。时候应该不早了，因为已经听不到孩子们的声音，他们应该在沙滩上了。而且从窗户照进来的阳光骄横而严厉，即使是闭上眼睛，我也能感觉到它在刺痛我的眼睑和太阳穴。我穿上一件茶花女般的晨衣，慢慢地、小心翼翼地走上楼梯，试图尽可能减少身体的活动，免得我的脚步声在自己的头脑中轰响。我煮了一杯茶，然后开始翻阅一张旧报纸。这时候，艾丽莎出现了。

“早上好！”见到她我很高兴，自从她跟达米安在一起，我们几乎还没怎么说过话，“昨天我们过得多开心！不是吗？你们的朋友们都非常好，带把吉他来真是个绝妙的主意。咱们下次还应该这样做。”

她看着我，一句话都不说，满脸严肃。她的脸色很疲惫，顶着大大的黑眼圈，但不是那种通宵欢乐和接吻的美好黑眼圈，而是失眠和焦虑的黑眼圈。

“艾丽莎，发生什么事了？”

“你很清楚发生了什么事。”

“不，我不知道发生了什么。我头痛死了，所以也没心情猜谜。能麻烦你告诉我吗？”我开始感觉到某种隐隐的担忧，一种模糊的不安，仿佛跟昨夜的雾有关。

“昨晚我看到了某些让我不安和非常伤心的事情。”她沉默了，依然用跟前一晚一样的表情看着我，生硬而严肃，这时候我想起来了。

“你看到什么了？”

“我看到你跟达米安道晚安。”

我笑了，以为她在捉弄我。

“没错，他吻我的嘴了，跟往常一样。”

我想这不是第一次，也不会是最后一次，在一个狂欢的夜晚结束之后，用一个浅浅的吻来告别。像昨天，是他主动提出的，我还犹豫了一下，想要不要拒绝，但随即觉得他这样厚颜无耻很好玩（在这个满是懦夫的时代，这样的特立独行理应得到承认）。当时我确实感觉到，在我们身边，艾丽莎黑暗的目光像一道闪电。但是一切都发生得太快，当我回过神来，他的双唇在我唇上的颤动也已经结束了。

“啊，是他吻我的。哈，还好。后来佩德罗也吻了我。”

“布兰卡，亲爱的，我没在说佩德罗。我知道有很多人吻你。”

我又笑了，不敢相信我们之间正在进行这样的谈话，它跟我们俩，跟我们之间的友谊是如此格格不入。

“艾丽莎，你真的觉得我会勾引你的男朋友吗？你疯了吗？”

“没错，我可能是真的疯了，但是我知道自己看到了什么，而且很自然地，我会想到不好的事情。”

“艾丽莎，他没有吻我，我们只是蹭了一下嘴唇。我们都醉得厉害。我们是朋友。无论如何，我向你保证，我再也不会给他任何类型的吻。”

“布兰卡，亲爱的，好几天以来我都看到你一直缠着他不放。”

我又笑了。

“是真的。”她低声补充说。

“我对达米安印象不错，仅此而已。但是我答应你，以后再也不会对他有任何肢体亲密的表示。艾丽莎！”我站起来，抓住她的肩膀，仿佛试图把她从噩梦中摇醒，“你真的认为我会喜欢上达米安？这简直太荒唐了。”

“啊，没错！”她更加愤怒了，“很可能跟达米安恋爱确实是一件很恶心的事，只有我这么蠢的人才会做。”

“不，我不是这个意思。我永远不会跟朋友的男朋友谈恋爱。你应该知道这一点。全世界有那么多男人。”我开始意识到，对她来说，现在说什么都没有用。

“但你确实缠着他不放，而且你确实跟他吻别了。”

“我向你保证，对一个男人缠着不放是另一回事。艾丽莎，我们只是朋友，没有其他。”

“布兰卡，那不是友谊，是调情。”

“友谊不都是调情吗？”

“啊，如果是这样的话，那你继续吧！”她用力挥了挥手，仿佛在指挥大军前进。

“艾丽莎，真的，我不喜欢达米安，只是对他印象不错，而且那只是一个几乎都没有接触到嘴唇的吻。”我意识到这一整天都会头痛欲裂，“不管怎么说，亲吻嘴唇不是一件多么私密的事情，我跟孩子们，跟我的男性朋友和女性朋友们都这样做。”我补充道。

“亲爱的布兰卡，有一件事你知道吗？你这种关于新社会的想法极其幼稚，从理论上来说，我们这代人都在不知不觉中为其添砖加瓦。在这样的社会里，所有人都相互理解，并且随心所欲地亲吻别人，随随便便开始或结束一段感情，就像进出自己的家门一样毫无顾忌，满世界都留下孩子。这种事情，只有当其他人对你来说都像狗屎一样无足轻重的时候才会发生。”

“对我来说其他人并不会像狗屎一样无足轻重。”

“对你来说全世界都像狗屎一样无足轻重！除了你的孩子，或许还有你母亲。你知道吗？我已经烦透了给你做精神分析。没错，你母亲去世了。她年纪大了，病得很重，而且在最后六个月里吃了不少苦，也让你吃了不少苦。但是她有过一个美好的人生，她爱过，也被爱过，她成功过，有过朋友和孩子，她开怀过，而且据你所说，她总是做任何她想做的事。你爱过她，你很伤心，也有点迷茫，但这并不给你搅乱所有人生活的权利。”

“我从来不想搅乱任何人的生活。艾丽莎，你知道你的问题在哪里吗？”没等她回答，我接着说，“你是个胆小鬼，所以你总是拒绝尝试毒品，所以你不想要孩子，所以你需要身边永远有一个男朋友。因为害怕，你生活在一个小笼子里，承认吧。”我相信左边的太阳穴随时有可能爆炸，我的一部分大脑会崩裂开来，而这会最终结束这场争吵。

“你这个靠房租生活的操蛋女孩，一辈子都没踏进过公立医院，每次我们约在低档社区的时候都会抱怨，而当然，我就住在这样的社区。别骗自己了，生活在笼子里，生活在一个完全虚构的童话故事里，跟现实生活完全脱节的人是你！”

“我不是靠房租生活的。”

“我走了。你唯一感兴趣的事就是轻佻的玩笑。跟你这样的人吵架是一件很困难的事。达米安正在停车场等我。”

当她穿过花园的时候，我朝她喊道：“你知道吗？我的吻是我的！我不需要向任何人解释我如何使用它们，只要我想，就可以随心所欲地将它们给出去，只要我愿意。就像钱一样。只不过吻是全世界谁都有的，要民主得多，也危险得多，在这一点上我们所有人都处于同样的水平。如果你也这样做，如果全世界都这样做，世界会变得更混乱一些，但是也会好玩得多。”

“再见，布兰卡。”

她转身离去。我听见一声口哨，抬头一看，基连从窗口探出身来。他张大嘴巴看着我，把手指放到太阳穴上，做了一个“你们都疯了”的表情。我猛地关上门，哭了起来。

14

基连去海滩上找其他人，一起坐船出海直到灯塔那里，而我一整个上午独自跟巴顿待在家里，像一个悲伤的灵魂在游荡，用一个小小的碎冰袋擦拭额头，试图缓解偏头痛。巴顿知道你已不在，它并不进你的房间，只是守在门口等待着你，并且在家里每一个角落嗅来嗅去寻找着你的气味，或者任何能表明你会回来的迹象。我也是。我想重走一些曾经跟你一起旅行过的地方，雅典、威尼斯、纽约。也许在那里能找到你。昨天基连告诉我，兽医说巴顿已经来日无多了，甚至怀疑它能不能撑到冬天。当时在咱们家隆重降生的那窝狗崽中，它是最后的那一只，其他的你都分给当时的朋友们了。我还记得，当娜娜生下满地一小团一小团颤动的、黏糊糊的小肉球时我的厌恶和你的兴高采烈。我记得当时一共出生了九只，有一只没过几个小时就死了，但其余的都活了下来。你请人做了一个巨大的木箱子放在你的床边，好几个星期一直观察着它们，照料着它们，完全不在乎那种养殖场一样的气味弥漫于你精致的房间。房间里到处都是覆盆子色的粗麻织物、镜子、桃花心木的斗橱和轻佻的美女画像。你小心翼翼地让最贪嘴的小狗把食物让给最虚弱最瘦的小狗，而且要保证母狗娜娜能得到休息。从中，不难发现你曾是一个什么样的小姑娘，而我也曾爱过这个小女孩。

巴顿用悲伤的表情看着我。它对我的爱完全是非理性的、不相称的，也许这是唯一值得的爱，而我们却不够资格得到这样的爱。但现在它是基连的狗，也许它一直都是，不管怎么说，是他给它取的名字，照料它的一切。我不知道人是不是会属于懂得为他们取名的人。我恐惧你的死亡，世界的这一部分变得如此空洞，有时候我能感觉到那些死去的人往我后颈上呵气，仿佛一种无声而骄傲的力量在推着我，可是其他时间，我的前面和后面都只有万丈深渊。我想到了“国王”，它那身因为时间而黯淡的白色“战袍”。它也失去了主人。

我等着孩子们快乐而筋疲力尽地出海归来，埃德加的皮肤越来越有光泽，而尼克的雀斑也越来越多。每次想到将来会为他们心碎，以及将要使他们心碎的人，我就忍不住像坏巫婆一样暗笑。如果说等待着我们的那些感情悲剧都是一场游戏，那么他们俩异于常人的天赋——莽撞、敏感、冲动、羞怯——仿佛天生注定，虽然他们自己还不知道。我找了个借口不吃饭，回到了自己的房间，等待着睡意和绝对的黑暗能减轻头痛。我听到他们笑着、叫着坐在桌边，而索菲亚来问我需不需要什么，并在我的额头喷了点柠檬味的花露水。过了一会儿，基连下来了。

“我们的‘茶花女’怎么样了？”他说着坐到床边，“你饿吗？”他还穿着泳衣，一条黄色和天蓝色相间的条纹短裤，遮住一半大腿，上身是一件学校的衬衣，他上课的时候也穿这个。他晒得黝黑，看上去很快乐。

“不，不，谢谢。”

“我不明白你为什么要抽这种垃圾。”

“你说得对。能不能把手给我，在这儿陪我一会儿？”

他嘟囔着拉住我的手。基连很不擅长用语言来表达感情，或用动作来表达亲热，总之，我们大多数人用来武装爱的那些工具，他都不擅长。然而我却一心一意地相信，在任何严重的情况下，他做的永远是对的、理性的、善意的。他其余的时间都用于自嘲和嘲笑别人、喝酒，并试图让学生们知道一点历史。认识他的时候我并不明白这一点，分手的时候我也没有意识到这一点，但是现在我知道了，而且还来得及。

“你的朋友索菲亚太疯狂了。”他漫不经心地说，但是目不转睛地注视着我，带着某种急迫。

“是的，她很了不起。”

“她很爱你。昨天她一直在说你的事。”他补充说。

“我也爱她，她真的很棒。你喜欢她，对吗？”

“她很不错，但是如果你介意……”他说，后面半句话飘浮在半空。我笑了，想到自己正躺在死亡的怀里，而前夫正在征求我的同意去跟我最好的朋友谈恋爱。当然如果有一天我再次恋爱，也一样会寻求他的祝福，不管怎么说，他跟奥斯卡都是最像我父亲的人。

“没问题，加油！”我更加用力地握住他的手，“但是如果她伤害你，我会杀了她。”

他笑了。

“希望没有这个必要，”他说着，结束了这个话题，“好吧，我得上去了，我不在的话，孩子们不肯吃饭。”接着，他悄无声息地离开了房间。

幸运的是，醋意失效了，爱却没有失效，至少对我来说是

2014-8-20 6:28:40

我会买下你隔壁的墓地，在那里，我们甚至都不必起床就可以看到日出。

这样的。我一边想着，一边把冰块袋子贴到右眼上。我依然爱着曾经爱过的那些人，在一切都灰飞烟灭之前，透过所有的背弃和大部分自己或别人的不忠，我依然能够看到人们最原本和最清晰的面目。带着某种愚蠢的英雄主义色彩，我从不否认任何爱或任何伤痛。否认这些就像在否认我自己。但我知道并不是所有人都这样。耻辱这层帷幔厚实而坚韧，很多人都把仇恨和怨愤当作旗帜，高举着利剑，骄傲和顽固的程度一点都不亚于感情的深度。我和基连已经分手这么多年了，我爱他，但是最终将他从我的爱里释放了出去。一个人固然可以自行挣脱，但是如果另一个人有痛快了断的慷慨，自由就会更加触手可及。放弃对任何人的爱都并不容易：和基连相反，可怜的奥斯卡还拖着我的脚镣——而我也拖着他的脚镣——就像坎特维尔的幽灵[1]，喧闹而沉重。

我一直睡到傍晚。醒来时，我收到了一条来自达米安的短信，请求我原谅他将我卷进这个“麻烦”，还有桑迪的短信，提议今晚在一个酒店见面两个小时。我没有回复并直接删除了达米

1 奥斯卡·王尔德同名作品里的角色。

安的短信，跟桑迪则约了晚上见面。

在出门前，我看到基连和索菲亚在露台的吊床里缠绵，而乌尔苏拉在叮叮当当地刷盘子。埃德加在自己的房间里玩电脑，其他孩子们都已经睡了一会儿了。我在一片蟋蟀的鸣叫声中穿过花园。一只小小的蜥蜴听见我的脚步吓了一跳，飞快而匆忙地消失在尚余温热的石头之间。镇上到处都是人，心满意足的家庭，充满希望的年轻人，困得东倒西歪的孩子们，开门迎客的商店，和用铁栅栏围起来的露台，都面对着沉默的暗银色大海。一支闹哄哄的乐队在广场上演奏，试图让避暑的游客们振作起来跳舞，但没有太大效果。只有一些父母，以孩子为借口，随着音乐的节奏，矜持地跳上几步。路过酒吧的时候，我看到那个神秘的陌生人坐在门口跟朋友们喝着啤酒，我认出了跟他一起参加葬礼的女孩，她正微笑地看着我。他看到我，站起身走到我身边。

“嘿，最近怎么样？”他说。

我发现他的鼻子晒脱了皮，而且大拇脚趾从脏兮兮全是破洞的草鞋里露了出来。他专注地看着我又保持着某种距离，但是我知道，这几天晒的太阳，刚刚点亮的路灯的金色光晕，下午的一大觉以及即将要去会情人的心情都让我看起来神采奕奕，脸颊有些许红晕，眼睛也亮了起来。我挺直身体，拿出一支烟。他也一样施展出全身的魅力，把手插在兜里，有意无意地挡住了我的去路。第一次，我带着某种冷漠和反感想，也许他比我还要年轻，但是我从未意识到青春曾是勾引男人的武器——也从来没有想过有一天它会终结——所以暂时我很冷静地观察着自己的外表开始老去，既没有狂热，也没有太多绝望，而紧随其后的，很可能是脑力的老去。

“很好。”

“你想喝点什么吗？”

“我很愿意，不过我有点赶时间。”

“哦，因为你身边围着这么多男人。”我想到了桑迪，他应该已经在那里等我了，而自从跟他约了以后，我却不像之前那么渴望见他了。我想到了其他一些男人，被当作补丁一样试图去掩饰努力重建某种无论如何都终将归于废墟的东西所带来的深沉的失落。然而，每一天我都会更加注意到孤独是如何频繁光顾，以及有时候人是多么容易从绝望这个平坦而光滑的斜坡上跌落下去。“好吧，那改天吧。”他说着让到了一边，亲吻了我，我感觉到他苍白、粗糙、温暖而脉脉含情的脸颊贴到了我的脸上。

“不，不，实际上我还有点时间，”我一边说一边看看腕表，假装在计算时间，“顺便问一下，你叫什么名字？”

“马尔蒂。”

“很高兴认识你，我叫布兰卡。”我几乎下意识地向他伸出手，有点荒唐而正式，因为我已经从他的眼神以及他脸颊的触感知道他会坚定地握住我的手，而且他的手掌是干燥而炙热的。

我们跟他的朋友们坐在一起，一个男的和两个女的，他们很热情地接纳了我，带着一丝狡黠的好奇和恩波达地区特有的亲切。女孩们都是单身，谁也没有以年头和儿女计算的婚姻的牵绊。婚姻会让女人变得或沉默或刻薄——我从未听到过谁在谈论男人的时候会比那些婚姻幸福的女人更加粗暴而残忍——此刻她们正在谈论男人，而男人们则带着戏谑而嘲讽的表情听着，却从不回应任何带有挑衅意味的主题。这些主题一般都是荒谬而极其无聊的，有时候是他们的错，有时候是我们的错。

“你喜欢什么样的男人？”那个我从未见过的年轻女孩突

然问我。她有着栗色的长发、深色的眼睛、饥渴的目光，带着这种话题常触及的熟稔表情。

我思考了一下，不知道该开个玩笑，还是该认真回答，同时愉悦地感觉到身边马尔蒂那比我高得多的挺拔而秀气的身影。

“我喜欢那种让我想要变得更聪明的男人，”我说，同时小声补充道，“一般来说，男人总是让我产生希望自己变笨的念头。”

“哇，丫头！”那女孩笑着喊道，“你这要求太高了！”

接下来是一通长长的对话，谈论着男人和女人都喜欢异性的哪些方面，而马尔蒂和我几乎不插嘴。很自然地，两个人谁也没有刻意为之，我们离开了人群。我发觉自己很紧张，不但无法叫出他的名字，而且之前在人群和欢笑声中稳稳端在手中的酒杯此刻竟然微微颤抖。同时，我也突然痛苦地意识到桑迪在酒店里无望而残忍的等待。

“现在我真的该走了。已经太晚了。”而仿佛为了拖延他再次跟我说再见，以及我真的必须走的时间，我又问，“你的生日是什么时候？”

他困惑地看着我。

“别告诉我你相信星座。”

“不，不太相信。我只想知道你的生日，好送你一双新的草鞋。”

他看看自己的脚，晃了晃从鞋子破洞里露出来的大脚趾。

“可是这双鞋很棒，”他说，微微有些脸红，“很凉快！”

“等等，让我试一下。”突然，我仿佛重又回到了游戏场，在那里，我感到如此舒适而自信。虽然有些人认为游戏场无足轻重，对我来说却至关重要。我人生中某些最正确的决定都是从游戏中得到的启发。他迟疑了一下，脱下鞋放到我面前。我把脚放进那只巨大的鞋子里，几乎像小小的救生筏那么大，感觉到那细密的草编鞋底，干燥而坚硬，海蓝色的帆布硬如纸板，褪了色，海水的盐分在上面留下了一道道白印，有点磨脚。“正合适，”我说，看着自己涂成红色的脚指甲，显得如此不相称，就像一张干净的脸上安了一个小丑鼻子，“这鞋我要了。”

“这样灰姑娘的故事就结束了，对吗？她找到了合脚的鞋。”马尔蒂观察着我，带着一丝平静的微笑。

“真的！我都没想到这个。”我小心翼翼地把脚从鞋里拿出来，把鞋还给了他。“我必须走了。再见，马尔蒂！”我吻了一下他唇边的嘴角，在公主盛装变成破布，而我重新坐回南瓜车里之前，小跑着离开了。

我从未在卡达克斯住过酒店。虽然从阳台上往外看，景色依然如故，我却依然感觉置身于一个不安而陌生的疆域。在酒店我总是失眠，即使身边有人也会觉得孤独，就像一个即将上阵杀敌的士兵，在这种地方只能得到战士一般的休息——短暂、深沉而将就。

“对不起，我来晚了。”我道歉说。

“没关系，但是我几乎没有时间了。”

从窗户可以看到外面完全黑了，已然夜深。他带着悲伤的表情朝我微笑，眼睛亮亮的，像一个迷失而嗜毒的孩子。他并不生气。不管我说什么做什么，桑迪从来不会对我生气，我想他应该是觉得，忍受我的臭脾气和粗暴言行是他为我们之间不平等的关系必须付出的代价。可是他没有发现，没有付出就不会失去，而如果有一天我们之间结束了，失去得比较少的那个人是我。

他有条不紊地脱掉我的衣服，缓缓地，带着欣赏，又有点迟钝。他的眼睛红红的，嘴里一股吸墨纸的味道，一定是在等我的时候抽了一根大麻香烟。我听凭他摆弄，敏感而专注，等待着身体失去平衡，然后小腹的热量像爆炸一样扩散到全身的那一刻。他持续了不到一分半钟，就像一个柔软而温顺的婴儿，无力带领我跟他一起到达激情的彼岸。而在接下来的十分钟里，虽然时间有限，他本可以充分利用来做点更实际的事以表歉意。

“对不起，我超级累。”

“没关系。”我在说谎，情绪有点糟糕，而那本已酝酿好准备喷发的身体开始冷却，嘴唇发干。我的欲望在房间里盘旋，找不到一个具体的目标，就像一片固执而懒惰的小小云朵。

他站起来。突然，我从衣柜的镜子里看到他，几乎认不出来：第一次发现他的脑袋这么小，而且正在变秃。

“你不觉得‘超级’这个前缀你用得太频繁了吗？”我的语气渐渐尖锐起来。

“以前你很喜欢，总是笑得乐不可支。”

“我妈要是听到你这话，在坟墓里都不得安生。”

他甜甜地朝我微笑，牙齿上全是尼古丁的污渍。我定定地看着他，看到他的伪装如何慢慢地瓦解——黝黑的肤色、四天不刮的胡子、干马提尼酒、饿狼一样的手、某个音乐节上得到的纪念腕表。并不是说我眼前的这个男人很丑，事实恰恰相反，但他已经不是我爱上的那个男人。不完全是。他只是一些优点和缺点的结合体，一个跟其他男人没有任何区别的男人。这份爱，在面对暴风骤雨时已经不再保护我或为我编造幻想。

“太遗憾了，我得走了。”他用孤儿般无辜的眼睛望着我，而同时他头顶上隐形的大片乌云开始堆积，慢慢积蓄着大雨。

“你知道会发生什么，对吗？”我问他。

“什么？”

“你妻子会再次离开你，她还会再次爱上别的男人。”

“她很难找到另一个男人，她跟你不一样。”

我有点难过地想到肉店里那个穿着绿松石色长裙的傲慢女人，想着我们是如何对最爱的人说出最难听的话。

“那么，我将不再爱你。”

他陷入了沉思，仿佛相对于我有一天将不再奔向他的怀抱，妻子可能再次爱上另一个男人的想法更加令他焦虑。显然他脑子里从未产生过这样的想法，就好像已经发生过一次的事情只不过是一件跟他们完全不相关的自然灾害，而且不会重复上演。

“我已经很久没跟我妻子上床了。”他像是把这个当作礼物放到我面前，像一条狗在树林里探索一番以后，衔着被咬得支离破碎的尸体出现，并像战利品一样献给它的主人。

“我无所谓，这跟我没关系。”我有点厌恶地说。之前他从未提及过与妻子之间的亲密关系。我又补充说，“我想我们不该再见面了。”

“狗屎！狗屎！狗屎！”他用双手捧住脑袋，就像一个三流演员在试图表达又惊又怒的神情，“我知道给你的太少，但是我没有办法不再见你。”接着，仿佛是感到难为情，又仿佛是个心虚的谎言，他小声地补充说，“我很爱你。”

问题就在这里，我想。而且我很惊讶自己已经开始使用过去式了。问题就在于，他不是爱我，而是很爱我。但是我什么也没说，因为一切都太迟了，世界上没有哪种对话会比两个人试图丈量他们之间的爱更加凄凉，更会注定失败。

这时候，他的手机响了。是他的妻子，刚刚从另一个镇上听完音乐会回来，问他在哪里。他飞快扫了一眼那块超级昂贵的手表，那是岳父送给他的礼物，他戴在手上就像戴了一枚婚戒。他用亮晶晶的眼睛望着我。

“我得走了。”

“我也是。”

“我们很快再见，好吗？”他用力而笨拙地把嘴唇压在我的唇上，而我的双唇像麻木了一般。

他渐渐远去，我看到他的腿是弯曲的。

我在镇子的广场上坐着抽烟。乐队还在演奏，而拖家带口的游人已经换成了一群夜猫子，人数更多，也更愿意跳舞。在你生病和死亡期间，我从未想到过要在街边的长椅上坐一会儿。如果我在街上，那就是为了去某个地方，或者为了散步。此刻我享受着这种在人群中的安静，享受着这些小小的公共“救生筏”。世界分为两种人：坐在街边长椅上的和不坐在街边长椅上的。我想自己已经成为那些老人、移民、无忧无虑的人和无处可去的人中的一员。突然，在人群中我看到了一个高得突兀的身影，隐约觉得熟悉，他挥动着长长而佝偻的手臂，我不知道是在跳舞还是在跟我打招呼。

“布兰卡！我的天！”

他亲吻了我的嘴唇，就像第一次亲吻我一样，那是很多很多年前，我们认识以后的五分钟，在一张坐满了人的桌子中间。那一瞬间我想起了艾丽莎，她像精明老鼠一样的脸，用弗洛伊德理论全副武装来面对和驯化这个世界。真希望她也在这里，她会向我解释一切，我们会哈哈大笑，她肯定会说一切都是你的错。

“纳确！”

“你一个人在这儿干吗？”

“我也不知道。最近全世界都弃我而去了，我的前夫，我最好的朋友，我的情人……”

“走吧，”他说着拉起我的手，“带你去个派对。”

我们穿梭在镇子的大街小巷，我偷眼看看他。曾经的世界中心、运动健将、执迷不悟的花花公子，如今已经变成尘土满面的乞丐。我们从小相识，但是直到二十年以后才成了朋友，因为只有那时候，我们之间的年龄差距才没有那么明显和重要——他比我大九岁——我对他来说不再是个小矮人，虽然他还一直这么称呼我，而他对我来说也不是那么老不可及。又坏又浪漫的男人那种光明和黑暗曾在他身上结合得十分完美，这种电一样的光辉使其他人都像飞蛾扑火般不顾一切地接近他。幼鹿般的眼睛、彻底放荡堕落的生活、嗑药、游手好闲、沉迷于自己混乱的世界。他的外表是如此俊美，在很多年间没有哪个女人能够抵抗，我也同样未能幸免。不止一个晚上，我们一起看日出，在沙滩上相拥，或者躲在某个门廊底下。但奇怪的是，虽然彼此都互有好感，我们从未试图在巴塞罗那见面，虽然两个人都住在那里，也从未交换过电话号码。对我来说，纳确是夏日的一部分，跟坐船出海、吊床里的午觉或于清晨购买的刚出炉的面包一样。那些面包是直接从烤箱里买的，揉面工人们把袖子卷得高高的，用疲惫而悲伤的眼睛望着我们，而我们在回家睡觉之前就把面包狼吞虎咽地吃掉。我从未想过他会存在于卡达克斯之外的任何地方。最终，可卡因成了他唯一的爱人，把他那所向披靡的迷人微笑变成了紧张而怪异的苦笑。他那幼崽一样皎洁的眼神，也被狡猾、饥饿而阴云密布的眼睛所取代。他矫健而挺拔的身体已经变成一具行尸走肉般的躯壳。在爬上镇子一个铺着碎石的斜坡时，他行动僵硬，我感觉他每走一步都像是受到重击般痛苦，仿佛整个人都是空的；我想每个人的身体都诉说着他的快乐、恐怖或无依无靠的故事。

我们来到一座巨大的房子里，客厅全是白色的，沙发腿显得十分陈旧，上面摆满了垫子，东方风格的地毯覆盖着红色水磨石地面。到处都点着蜡烛，有些已经燃尽。朝向镇子和大海的落地窗大开着，苍白而轻盈的窗帘像被囚禁的蜡烛一样盘旋飞舞。人很多，放着音乐，两张矮桌上到处散放着毒品，几个巨大的彩色盘子里放着酒和一些吃剩的水果干。我认出了镇上的另外几个难兄难弟，都是第一批外来居民的孩子。父辈们都是学者或艺术家，于二十世纪六十年代来到这里，那时候卡达克斯到处都是魅力四射、才华横溢的人。他们有改变世界的雄心，最重要的是，有享乐的欲望。我一眼就能认出那一代人的孩子，和我一样，那些野孩子都是由理性、杰出、成就卓越而忙碌非凡的父母们教育出来的。成人们都努力把这世界变成一场派对，他们的派对。而我们，我想，是需要努力赢得父母兴趣或关注的最后一代。在大多数情况下，当我们得到这种关注时已经太迟了。他们不认为孩子们是一个奇迹，而是一种烦扰，是一些讨厌的半成品。他们生来就是全世界注目的焦点，而我们则成为其羽翼下迷失的一代，不得不发明出比拽着袖子或放声大哭更加精妙的方法来吸引他们的注意。他们对我们的要求跟对成人一样，或者至少要做到不去烦扰大人，别跟大人说话。我第一次给你看我在学校里获奖的文章——那时候我大概八岁——你对我说，除非有一天我写出一千页的作品，否则不要给你看，因为不达到这个数量就说明它不是一次认真的尝试。成绩好被认为是理所当然，如果成绩不好，他们会有些恼火，但也不会严厉指责或惩罚。不像现在，我的家里到处挂满了小儿子的画，而我听大儿子演奏钢琴的恭敬程度仿佛他是巴赫复生。有时候我会想，这一代的孩子，他们的母亲认为母爱是一种宗教——那些女人给孩子喂奶直到五岁，然后才用细面条取代母乳，而她们唯一的兴趣、担忧和存在的理由就是孩子。她们对孩子的教养方式让人以为他们将要统治一个帝国，而她们的社交网络上充斥着孩子们的照片，不只有生日会或者旅行，还有孩子们在水里或者坐在尿盆上的照片（没有比当代的母爱更不知羞耻的爱）。当这些孩子长大，变成和我们一样矛盾而不快乐的人，也许更糟时，将会怎么样？我不认为有人能对别人拍摄自己拉屁屁的照片无动于衷。

我们坐在一张沙发上，旁边是纳确的一对朋友，他们立刻递来了可卡因。纳确兴高采烈地接受了，开始在我们周围走来走去，和着音箱里传出的音乐节奏，假装在弹吉他。他把腿叉得很开，用手拨弄着假想的乐器。那个女孩坚持要我跟他们一起吸一点，但是我拒绝了她的好意。

“不，谢谢，我很累。如果明天我面容憔悴，孩子们会不乐意的。”

“啊？”她惊讶地望着我，“你有孩子。那么来一点儿吧，会让你振作起来的，可以消除疲惫。”她一头金发，长相甜美，肤色较深，骨瘦如柴，穿着一条完全透明的印度长裤，里面没有穿内裤，上身是一件陈旧的暗玫瑰色衬衣。

“不，我很好。真的。”

“你是个白痴吗？”她的男朋友突然朝她吼道，“你没听到她对你说不？别再烦她了！”

于是他们俩大声争吵起来，但是幸好音乐的音量盖住了他们的声音，我只看到他们激烈的表情。纳确已经来来回回上蹿下跳了。最后，两杯杜松子酒下肚，我也任由他拉着跳起了舞，就像小时候一样。那时我们还相信，生活对我们的所有承诺都会兑现，一切都无所谓，因为都会有办法。到结束时，我们并肩躺在一张沙发上。这时候那个和善而甜美的金发女孩小跑着来到我身边。

“我一直在找你！你看，你看，”她说着指给我看手机里的一张照片，“这是我的冷冻卵子。”

“哦，真的。”我看着灰色背景上几个几乎不可辨认的深灰色卵形图像，不知道该说什么好，而她却用期待的眼神看着我。“它们看上去很美。”最后我说。

“真的吗？”她喊道，“这是为了万一有一天我决定要孩子，”接着又补充了一句，“等我准备好了。”

“真好。我真替你高兴。”我说。

“我只想给你看。”她的眼睛是一种透明无邪的蓝色，使我的心揪了起来，仿佛一探身就能够透过这双眼睛看到她的身体内部，小小的血液河流、既胆怯又勇敢的心。

等她走了，纳确说：“这女孩已经无可救药了，她男朋友可能还走得出去，但她已经陷得太深。冷冻卵子是她父亲的主意，他是马德里一位非常有名的医生。”

他撩起我的头发，开始像小鸟一样吻我的后颈，轻轻地啄。

“那我们呢？怎么办？”他问我，“我们一起睡吗？就像过去一样？”

我笑了。

“我们已经多老了！对吗？你想象一下再过二十年会是什么样子。现在只不过是初老，老年还只是一个玩笑，一个遥远的阴影。”

“你的意思是今天我们不会睡在一起。”

他轻轻地咬着我的后颈。

“我想我需要的是一个朋友。”

“我当朋友真是糟透了，你知道的。”

我们俩都笑了。

“好吧。虽然我也没比你好到哪儿去，不过也许我们可以在这里拥抱一会儿。”我又感觉到在你去世以后我在床上度过的那些日子里，那种阴云密布又令人痛楚的疲惫。模糊而固执的悲伤一直挥之不去，我试图将它驱散，但是它的颗粒总能重新聚拢，准确地回到原位。

纳确紧紧地抱住我，像一个小孩抱着他的玩具，但是我感觉到他的身体紧张而焦虑。我知道，只要这里还有一滴毒品，他就不会去睡觉。

“我得走了。已经太晚了。”我离开了他的怀抱。

他陪我走到门口，用双手捧起我的脸，吻我，像无数年前一样，那时我们都还是另一个人。他堂吉诃德般的剪影投射到门上。

“好好照顾自己，小矮人。外面很冷。”

空气已经变得很凉，一股轻柔、灰暗而朦胧的雾很快将被染成玫瑰色和橙色，模糊了各种景致的轮廓。天很快就要亮了。我应该在派对上待了有三到四个小时。房子里传来的音乐伴着我走了很远，直到耳边只有我的脚步声回荡在灰石板路上，伴着夜游的鸟儿刺耳的聒噪。我还不想回去睡觉。我想我会一直下到海滩，第一次独自看日出。虽然，也许日出和很多其他事物一样，只有在无声的陪伴中才能获得其最完整的胜利和救赎的意义。但是，我没有走向大海，反而开始爬山，钻进那些崎岖不平、像走廊一样狭窄的小巷子，两边用石头堆砌的矮墙简直是完美而永不瓦解的古代迷宫，分隔出院子和橄榄树林。白天镇子上的猫会在这些矮墙上打盹和窥视。有人在一堵墙上留下了一只特别小的婴儿鞋。很快，我的孩子们也会醒来。每天早晨我的睡梦与黎明都会上演一场大战，沉默而深思的埃德加跟我一样，总是拖着夜的脚步迟迟不肯醒来，而尼克却每天毫不犹豫地投入白昼的怀抱，多言而欢乐。双腿沉重得像是在一场噩梦中，但是我没有停下。深吸着黎明前那清新而纯净如初的空气，对自己说明天开始戒烟。我慢慢地爬上斜坡，来到了一块开阔的空地，那里有两棵佝偻的树，到夏天会被过来野营的人们用作停车场。年轻时我经常来这里。还记得一个意大利朋友用露天的炉子给我煮西红柿面，但是他的名字却已经忘记了，几乎跟那些轻浮快乐的夏天里其他所有的主角一样。那时我们跟别的年轻人没有什么两样：快乐，骄傲，无忧无虑，充满活力，规划着小镇，规划着世界。一个年迈的男子提着桶穿过露营的空地，朝我微微点头示意，接着就消失在小小的淋浴房内。我的样子一定很狼狈，如果露营酒吧开着的话，我一定进去喝杯咖啡，洗洗脸。但是时间还太早，那栋灰色的建筑关着门，一片漆黑。我接着往前走，直到隐约看到那座小房子白色的墙，接着渐渐变得清晰，还有那两棵柏树，像一对严肃而善良的警卫，在黑暗中守护在墓园入口的两侧。我到了。在这里，黄色的细砖路到了尽头。虽然筋疲力尽，我的心却狂跳起来，双手冰凉，并开始全身发抖。上一次来这里时有很多人，活人的总数超过了死人，我们是大多数，而且我的朋友们都在。然而那时候我就已经开始想象独自前来会是什么样的情景。我想象着自己爬上斜坡，哲人般庄重，心中的伤口已经痊愈，也许手中还拿着一朵从路边摘的野花。我观察着斑斑驳驳的深色木门，用手指抚摸着沉重的铁把手。我很害怕，又筋疲力尽，也许最好是回家、睡觉、休息，在别人的陪伴下到中午再来，或永远不再回来。我可以永远不再来，这也是一种可能。我推了一下门。是关着的。但是陵园在夜间是永远不会关门的，我看过无数恐怖电影都发生在深夜的墓地。一定是我太笨了，门不可能是关着的。我再次推门，边用整个身体去撞，边徒劳地转动着圆形手柄。我无法呼吸。我发现自己正在哭。我可以的！我可以的！一切都会解决的。我要给市长打电话，要求他来给我开门；我会像蜘蛛侠一样从墙上爬过去；我会给报纸写一封义愤填膺的公开信；我会跟大赦国际组织谈谈。这门不可能不让步，而我不可能进不去。我深深地吸了口气。我会好好处理，不要失去理智，这样肯定行得通。我轻轻地敲着门，压低声音喃喃细语“妈妈，妈妈”，然后把耳朵贴在大门上。我想我听到了远处有猫的脚步声，但是等了一会儿，仍然没有任何人出来为我开门。我摇晃着沉重的铁把手，开始用尽全身力气胡乱敲打着门，仿佛被困在某个地方的人是我，直到拳头和手掌的疼痛让我不得不停手。我在小房子门口的长凳上坐下来，筋疲力尽，心灰意冷。不知不觉，天已经亮了。一道澄澈的玫瑰色光线轻抚着橄榄树，把白色的墙都染成了粉色，又悄然无息地润湿了地上的路。我认得这道光线，仿佛是某个熟人的呼唤。我站到凳子上，从墙上探出身去，从那里可以看到橄榄树林和远处的伊加特港口，我们的船就在那个小小港湾。突然，我看到了她——泳衣外面穿着褪色的蓝色格子衬衣，走在码头，那黝黑健美的双腿总是到处淤伤，小女孩一样的平底拖鞋，歪歪扭扭的眼睛，乱蓬蓬的头发罩在因为海水而变得干枯的帽子下面，身边跟着她的三只狗——巴顿、娜娜和月亮，它们都跃入了水中，而她则愉快地朝船走去。大海波平如镜，又是灿烂的一天。上船前，她转过身，朝我微笑，对我说：

“这也会过去。”然后朝我眨了眨眼睛。

尾声

最后一晚，你是独自度过的。那一整天我都在医院里握着你的手，而当医生告诉我你有所好转时，我决定回家睡一会儿。尽管只消看你一眼就知道这不是真的。我恨不得与你共赴黄泉，在同一个病房里，在同一个时刻，而不要等到第二天早上，你已仙逝，而我追悔莫及。真希望我当时在场，握着你的手，等待着我们共同的末日。在人世间游荡的我，虽然似乎快乐，似乎独来独往，其实总有一半的我在任何你所在的地方，形影不离。有时候，我会对自己讲你曾对我讲过的故事。那时父亲刚刚过世，为了宽慰我，你坐在床边给我讲了一个传说：很久以前，在一个非常遥远的地方，也许是中国，有一个威震天下、聪明绝顶而又心胸宽广的皇帝。有一天，他召集了这个国家所有的智者、哲学家、数学家、科学家、诗人，并对他们说："我需要一句简短的话，可以用在任何可能出现的情况下，而且永不过时。"智者们告退以后，有好几个月，一直在冥思苦想。最后，他们回到了宫廷并对皇帝说："我们已经找到那句话了，就是'这也会过去'。"最后你补充说："伤痛和难过会过去，快乐和幸福也会过去。"但现在我明白了，这不是真的。一直到死，我都不再能拥有你的陪伴，是你，让我知道一见钟情是相爱的唯一可能方式（你说得没错），是你给了我对艺术、书、博物馆和芭蕾的热爱；在金钱方面的绝对慷慨；适时的夸张表情；在行动和言语上的严厉，负罪感的完全缺失以及相应所带来的自由和责任。在家里，从来没有人对任何事情感到内疚，一个人会思考并承担后果，如果做错了，不值得感到负罪，而是直接用肩膀去承担后果就好了。我想我从未在你那里听到过“很抱歉”这个词。我还从你那里遗传了神经质的笑声、生的快乐，以及全情投入、对所有游戏的热爱、对所有你认为会让生命变得更加渺小而不愉快的事情的轻蔑：吝啬、缺乏忠诚、忌妒、恐惧、愚蠢，尤其是残忍。还有正义精神、反抗精神、在幸福再次飞走之前把它紧紧握在手中时享受当下那一瞬间的意识。我还记得，有时候，越过一张坐满了人的桌子，我们目光交遇的一瞬，或者漫步在一个陌生的城市，或者徜徉在海中，我们两人都有一种感觉：仿佛仙女闪闪发光的粉末正缓缓飘落在我们头顶，虽然也许无法像彼得潘所承诺的那样在原地飞起来，但也几乎差不多了。你从远处朝我微笑，而我知道你知道我们俩都知道。并且在内心深处，我们会感谢上帝，感谢这份非理性的礼物，在远海跃入水中的完美姿态，玫瑰色的黄昏，一瓶葡萄酒下肚后的放声大笑，为了让已经非常爱我们的人更加多爱我们一点点而做出的滑稽言行。还有伟大：一种为事物命名、看到真实事物的能力，一种对他人的恶习和缺陷的真正的宽容。我很怀疑自己是不是继承了这一点，但是我能确信当身边出现这样的品质时，我会辨别出来。而自从你不在了，我就像一条饥饿的狗到处寻找，像一个因为吃斋持戒而眼圈发黑的神魂颠倒的信徒。我能嗅到它、听到它、认出它（有时候只需一个手势，那对我而言已经足够）。它已经在我的孩子们身上初现端倪：表现为礼仪和良好的教育，没有任何矫揉造作。所有那些进出我们家的人，其中一些是非常奇怪、受过严重创伤的，或是十分疯狂的，但你的外孙们都以善意、好奇、尊重、谨慎和亲热对待他们。而每次路过蒙塔内尔大街上你住过的最后一栋公寓，我偷偷从后视镜里看到你的大外孙抬起目光默默地望向你的阳台。我想，也许我可以告诉他你现在在一个更好的地方，但我知道这不是真的，因为在很长一段时间里，没有比跟外孙们和我待在一起更让你快乐的事情。有一天，我们会常常谈起你。我的呼吸已经开始变得顺畅，而且几乎没有噩梦了，有时候我感觉到自己的头顶上仙女的彩尘在乱舞，虽然并不多也并不很经常，但这是一个开始。另外，我们家里又多了一个新房客，它的名字叫“国王”，我正在试着让孩子们学会每天带它出去散步。前天，我把你的外套送去洗染店了，周四就可以取回来，他们对我说，一定会“跟新的一样”。

巴塞罗那，2014年4月

图书在版编目（CIP）数据

这也会过去 / (西) 布斯克茨著；罗秀译.
—北京：北京联合出版公司, 2016.7
ISBN 978-7-5502-6662-9

Ⅰ. ①这… Ⅱ. ①布… ②罗… Ⅲ. ①长篇小说—西
班牙—现代 Ⅳ. ①I551.45

中国版本图书馆CIP数据核字（2015）第277436号

北京市版权局著作权合同登记号 图字：01-2015-8244

这也会过去

作　　者：米莲娜·布斯克茨
译　　者：罗　秀
责任编辑：孙志文
策划监制：冯　倩
产品经理：郑　茜
特约编辑：万巨红
装帧设计：@_叁囍
封面插图：十　指
内文插图：友　雅

北京联合出版公司出版
（北京市西城区德外大街83号楼9层　100088）
北京鹏润伟业印刷有限公司印刷　新华书店经销
字数：104千字　880毫米×1230毫米　1/32　印张：6.75　插页：6
2016年7月第1版　2016年7月第1次印刷
ISBN 978-7-5502-6662-9
定价：35.00元